U0540475

名家作品
名师赏析系列

丰子恺作品

学生版

丰子恺 — 著
邓茜媛 — 赏析

长江出版传媒　长江文艺出版社

图书在版编目（CIP）数据

丰子恺作品：学生版 / 丰子恺著；邓茜媛赏析. -- 武汉：长江文艺出版社，2022.6
（名家作品. 名师赏析系列）
ISBN 978-7-5702-2646-7

Ⅰ.①丰… Ⅱ.①丰… ②邓… Ⅲ.①散文集－中国－现代 Ⅳ.①I266

中国版本图书馆 CIP 数据核字(2022)第 069345 号

丰子恺作品：学生版
FENG ZIKAI ZUOPIN：XUESHENG BAN

责任编辑：秦文苑	责任校对：毛季慧
装帧设计：天行云翼·宋晓亮	责任印制：邱 莉　王光兴

出版： 长江出版传媒　 长江文艺出版社
地址：武汉市雄楚大街 268 号　　邮编：430070
发行：长江文艺出版社
http://www.cjlap.com
印刷：武汉市首壹印务有限公司

开本：640 毫米×970 毫米　1/16	印张：12	插页：1 页
版次：2022 年 6 月第 1 版	2022 年 6 月第 1 次印刷	
字数：117 千字		

定价：25.00 元

版权所有，盗版必究（举报电话：027—87679308　87679310）
（图书出现印装问题，本社负责调换）

世间种种,不抵童心一颗

邓茜媛

每一个成人,曾经都是儿童;每一个儿童,不出意外终将长为成人。成人与儿童的分别到底在哪里呢?有人说在年龄,有人说在阅历,但还有人说,在那一颗历经世事而不沾尘埃、身处污浊而不受蒙蔽的心。

这样的心,是为"赤子之心",即童心。拥有童心的人,是天地间最博大的人。《孟子·离娄》就说过:"大人者,不失其赤子之心者也。"大,是博大、广大、心量大、格局大、气魄大,唯"大"人能容天地万物之纤毫,见世间万象之本源,得圆满具足之智慧。所以,历代圣贤都十分推崇"童心"二字。

童心可贵,有童心者更是凤毛麟角。幸而,在我国现当代文学史和艺术史上,就有这样一位童心灼灼、熠熠生辉的仁厚长者,他就是我国现代著名漫画家、散文家、翻译家、书法家——丰子恺先生。

他是真正的"人近百年犹赤子",从《子恺漫画》《护生画集》到《缘缘堂随笔》《缘缘堂再笔》,他总是用儿童般明澈的眼光和纯真的心境去看待周遭的一切，因此他的作品时常以儿童为题材，写儿童、赞儿童、学儿童，字里行间充溢着童心与童趣，正如这本书。

这是一本让人倍感清新和温馨的书，精选了丰子恺先生诸多经典散文篇目。无论是对于人生根本问题的探寻，还是对于日常生活琐事的感悟，无论是对于儿女的关心关爱，还是对于艺术问题的看待，它们都有一个共同的指向——从儿童的角度去展现人生的本真和美好。

书中有多篇作品直接以儿童为写作对象。例如直接把自己想象为孩子，以孩子的口吻来展现孩子内心世界的《华瞻的日记》；在成人视角与儿童视角之间自由切换、叙写孩子天真可爱的《南颖访问记》《给我的孩子们》；直接从儿童身上得到启发、表达对儿童的赞美的《儿女》《送阿宝出黄金时代》《从孩子得到的启示》；还有从一件小事反映父母对儿女之爱的《爱子之心》，或是陷入教育两难的《作父亲》，等等。

丰子恺先生始终坚信，"儿童天真烂漫，人格完整，这才是真正的人""天地间最健全的心眼，只是孩子们的所有物，世间事物的真相，只有孩子们能最明确最完全地见到"。他时常将儿童世界与成人世界作对比，盛赞儿童的真善美；更时常蹲下身子倾听儿童的话语、观察儿童的举止，顺着儿童的目光重新看待世界，理解儿童内心的困惑与痛苦；他甚至将"天上的神明与星辰，人间的艺术与儿童"作为占据心灵同等位置的四要事，以极大的热情、毫无保留地表达对儿童的赞美和崇拜。

丰子恺先生以童心观儿童，也以童心观世人，他顺着纯真的目光看到了世间难得的真醇。书中回忆了一些人物，如家乡石门镇上分柴的小人物阿庆，他生活困窘却热衷二胡；居住杭州陋巷中的M先生，数十年安贫乐道、达观洒脱；坐在八仙椅上的母亲，治内兼外、一生操劳，永远是"眼睛里发出严肃的光辉，嘴角上表示出慈爱的笑容"；恩师夏丏尊先生，为人亲和热情，为学广博精神，为国多忧善愁。他们都是最贴近生命本真的人，用真诚的态度对待芜杂的生活。

丰子恺先生自己也同样如此。他在抗战的艰苦岁月里仍记着那一抹白影的生动点缀和温暖陪伴（《白鹅》），在辗转奔忙的间隙中仍能回味童年时养蚕、吃蟹、钓鱼的乐趣（《忆儿时》），在功成名就的赞誉中仍能谦虚自省地追溯自己学画走过的"弯路"（《学画回忆》）……

"世间的大人都为生活的琐屑事件所迷着，都忘记人生的根本。""比起他们来，真的心眼已经被世智尘劳所蒙蔽，所斫丧……"是的，唯有孩子干净明澈的眼睛能见生命本相，一旦开启了这样的智慧，对于人生的领悟就几近本源了。书中的《两个"？"》一文，以儿时即对时间和空间产生的疑惑，来探寻人生与宇宙的根本问题；《渐》以时间悄然改变一切的惊心动魄，唤起人们对无常变化的警惕；《家》以有形住宅的不断转换，深入到对无形之家、人生归宿的灵魂叩问。书中还有不少对社会现实真切苦难的同情观照，如展现人性弱点、可悲可笑的《车厢社会》，从儿童游戏来感叹世间荒谬的《穷小孩的跷跷板》《世间相》《儿戏》等。正是以一颗柔软纯真的童心来看世间，才会敏锐地觉察到这种种谬误、种种荒诞，从而引发无尽的现实感伤与儿童式的美好向往。

丰子恺先生的散文几乎没有过于激烈的情绪，只有朴质平实、温和浅淡，这一切正是源于他以孩子般的纯真姿态立于天地、行于世间，儿童是怎样，他便是怎样。世间本已多灾多难，他便以自己的笔尽力去为惨淡的人世添一笔亮色、增一抹温暖，无论漫画还是散文，童心便是这亮色，童趣便是这温暖。

艺术家的这份心思和胸怀，也体现在这些关于艺术的文章里。他以给儿童讲故事的口吻，深入浅出地普及乐理知识、绘画知识，豆梗做的翡翠笛，听风奏乐的铁马与风筝，晚餐时分的音阶音调，水门汀上的月夜竹影，爸爸扇子上的绘画……无一不体现生活的情味，体现"为儿童"的用心。就连阐发艺术理论的《美与同情》《图画与人生》《随笔漫画》等，也无一不是本着一颗纯真的心来辨析艺术与人生的关系，探寻人生的究竟，揭示人类的本源。这位伟大而真诚的艺术家，以其一生的努力践行了何谓"赤子之心"。

在如此纷扰喧嚣、奔逃忙乱的世界里，丰子恺先生的散文就像孩子柔软的小手，轻轻抚慰着你疲惫的心，给予你片刻的温暖与安静。在这里，你会看到很多忽视已久的东西：那些只留存于儿童世界的珍贵光芒，那些人类社会最初的本真与美好，那些生命中真正的价值与意义。当然，你或许也会重新思考成人与儿童那微妙的界限，思考你真正的所求……

人生百年，敌不过岁月一抹；世间种种，抵不过童心一颗。

目 录

- 001 手指
- 004 两个"？"
- 010 渐
- 015 白鹅
- 021 给我的孩子们
- 026 忆儿时
- 033 华瞻的日记
- 039 儿女
- 044 作父亲
- 049 送阿宝出黄金时代
- 055 南颖访问记

- 061 阿庆
- 064 穷小孩的跷跷板
- 068 翡翠笛
- 074 铁马与风筝
- 079 从孩子得到的启示
- 085 世间相
- 094 儿戏
- 097 爱子之心
- 100 生死关头
- 104 学画回忆
- 112 幸福儿童
- 116 我的母亲
- 121 家
- 128 晚餐的转调
- 133 竹影
- 138 爸爸的扇子
- 143 美与同情
- 148 图画与人生
- 156 还我缘缘堂
- 161 陋巷
- 167 车厢社会
- 174 随笔漫画
- 178 悼夏丏尊先生

手　指

　　我们每个人，都随时随地随身带着十根手指，永不离身。一只手上的五根手指，各有不同的姿态，各具不同的性格，各有所长，各有所短。

　　大拇指在五指中，形状实在算不上。身材矮而胖，头大而肥，构造简单，人家有两个关节，他只有一个。但在五指中，却是最肯吃苦的。例如拉胡琴，总由其他四指按弦，却由他相帮扶住琴身；水要喷出来，叫他死力抵住；血要流出来，叫他拼命按住；重东西翻倒去，叫他用劲扳住。讨好生活的事，却轮不上他。例如招呼人，都由其他四指上前点头，他只能呆呆站在一旁。给人搔痒，人舒服后，感谢的是其他四指。

　　常与大拇指合作的是食指。他的姿态可不如其他三指窈窕，都是直直落落的强硬的曲线。他的工作虽不如大拇指吃力，却比大拇指复杂。拿笔的时候，全靠他推动笔杆；遇到危险的事，都要由他去试探或冒险；秽物、毒物、烈物，他接触的机会最多；刀伤、烫伤、轧伤、咬伤，他消受的机会最多。他具有大拇指所没有的"机敏"，打电话、扳枪机必须请他，打算盘、拧螺丝、解纽扣等，虽有大拇指相助，终是以他为主。

　　五指中地位最优、相貌最堂皇的，无如中指。他居于中央，左右都有屏障，他身高最高，无名指、食指贴身左右，像关公左右的关平、周仓，一文一武，片刻不离。他永远不受外物冲撞，所以曲线优美，处处显示着养尊处优。每逢做事，名义上他是参加的，实际并不出力。他因为身体长，取物时，往往最先碰到物，好像取得这物是他一人的功劳，其实他碰到之后就退在一旁，让大拇指、食指去出力，他只是在旁略为扶衬而已。

无名指和小指，体态秀丽，样子可爱，然而，能力薄弱也无过于他们了。无名指本身的用处多用于研脂粉、蘸药末、戴戒指。小指的用处则更渺小，只是掏掏耳朵、抹抹鼻涕而已。他们也有被重用的时候，在丝竹管弦上，他们的能力不让于其他手指。舞蹈演员的手指不是常作兰花状吗？这两根手指正是这朵兰花中最优美的两瓣。除了这等享乐的风光事以外，遇到工作只是其他手指的附庸。

手上的五指，我只觉得姿态与性格，有如上的差异，却无爱憎在其中。手指的全体，同人群的全体一样，五根手指如果能团结一致，成为一个拳头，那就根根有用，根根有力量，不再有什么强弱、美丑之分了。

名师赏析

本文行文活泼、构思巧妙，以手指为喻，影射社会各类群体的各色表现。对于五指的态度，虽然作者声明"无爱憎在其中"，实则暗寓褒贬。对拇指和食指是欲扬先抑，以其外形的不突出反衬其作用的巨大和品格的高尚；对于其他三指则有不同程度的否定，如"只是在旁略为扶衬而已""遇到工作只是其他手指的附庸"等。

然而本文的写作目的并非在于批判，而在于号召团结，故而，作者在最后话锋一转，"手指的全体，同人群的全体一样……如果能团结……不再有什么强弱、美丑之分了。"一句就将读者引入更广阔的社会背景，触发更正面、积极的思考。

两个"？"

我从幼小时候就隐约地看见两个"？"。但我到了三十岁上方才明确地看见它们。现在我把看见的情况写些出来。

第一个"？"叫作"空间"。我孩提时跟着我的父母住在故乡石门湾的一间老屋里，以为老屋是一个独立的天地。老屋的壁的外面是什么东西，我全想不起。有一天，邻家的孩子从壁缝间塞进一根鸡毛来，我吓了一跳；同时，悟到了屋的构造，知道屋的外面还有屋，空间的观念渐渐明白了。我稍长，店里的伙计抱了我步行到离家二十里的石门城里的姑母家去，我在路上看见屋宇毗连，想象这些屋与屋之间都有壁，壁间都可塞过鸡毛。经过了很长的桑地和田野之后，进城来又是毗连的屋宇，地方似乎是没有穷尽的。从前我把老屋的壁当作天地的尽头，现在知道不然。我指着城外问大人们："再过去还有地方吗？"大人们回答我说："有嘉兴、苏州、上海；有高山，有大海，还有外国。你大起来都可去玩。"一个粗大的"？"隐约地出现在我的眼前。回家以后，早晨醒来，躺在床上驰想：床的里面是帐，除去了帐是壁，除去了壁是邻家的屋，除去了邻家的屋又是屋，除完了屋是空地，空地完了又是城市的屋，或者是山是海，除去了山，渡过了海，一定还有地方……空间到什么地方为止呢？我把这疑问质问大姐。大姐回答我说："到天边上为止。"她说天像一只极大的碗覆在地面上。天边上是地的尽头，这话我当时还听得懂；但天边的外面又是什么地方呢？大姐说："不可知了。"很大的"？"又出现在我的眼前，但须臾就隐去。我且吃我的糖果，玩我的游戏吧。

我进了小学校，先生教给我地球的知识。从前的疑问到这时候豁地解决了。原来地是一个球。那么，我躺在床上一直向里床方面驰想过去，结果是绕了地球一匝而仍旧回到我的床前。这是何等新奇而痛快的解决！我回家来欣然地把这新闻告诉大姐。大姐说："球的外面是什么呢？"我说："是空。""空到什么地方为止呢？"我茫然了。我再到学校去问先生，先生说："不可知了。"很大的"？"又出现在我的眼前，但也不久就隐去。我且读我的英文，做我的算术吧。

我进师范学校，先生教我天文。我怀着热烈的兴味而听讲，希望对于小学时代的疑问，再得一个新奇而痛快的解决。但终于失望。先生说："天文书上所说的只是人力所能发见的星球。"又说："宇宙是无穷大的。"无穷大的状态，我不能想象。我仍是常常驰想，这回我不再躺在床上向横方驰想，而是仰首向天上驰想；向这苍苍者中一直上去，有没有止境？有的么，其处的状态如何？没有的么，使我不能想象。我眼前的"？"比前愈加粗大，愈加迫近，夜深人静的时候，我屡屡为了它而失眠。我心中愤慨地想：我身所处的空间的状态都不明白，我不能安心做人！世人对于这个切身而重大的问题，为什么都不说起？以后我遇见人，就向他们提出这疑问。他们或者说不可知，或一笑置之，而谈别的世事了。我愤慨地反抗："朋友，这个问题比你所谈的世事重大得多,切身得多!你为什么不理?"听到这话的人都笑了。他们的笑声中似乎在说:"你有神经病了。"我不好再问,只得让那粗大的"?"照旧挂在我的眼前。

　　第二个"?"叫作"时间"。我孩提时关于时间只有昼夜的观念。月、季、年、世等观念是没有的。我只知道天一明一暗,人一起一睡,叫作一天。我的生活全部沉浸在"时间"的急流中,跟了它流下去,没有抬起头来望望这急流的前后的光景的能力。有一次新年里,大人们问我几岁,我说六岁。母亲教我:"你还说六岁?今年你是七岁了,已经过了年了。"我记得这样的事以前似曾有过一次。母亲教我说六岁时也是这样教的。但相隔久远,记忆模糊不清了。我方才知道这样时间的间隔叫作一年,人活过一年增加一岁。那时我正在父亲的私塾里读《千字文》,有一晚,我到我们的染坊店里去玩,看见账桌上放着一册账簿,簿面上写着"菜字元集"这四字。我问管账先生,这是什么意思?他回答我说:"这是用你所读的《千字文》上的字来记年代的。这店是你们祖父手里开张的。开张的那一年所用的第一册账簿,叫作'天字元集',第二年的叫作'地字元集',天地玄黄,宇宙洪荒……每年用一个字。用到今年正是'菜重芥姜'的'菜'字。"因为这事与我所读的书有关联,我听了很有兴味。他笑着摸摸他的白胡须,继续说道:"明年'重'字,后年'芥'字,我们一直开下去,开到'焉哉乎也'的'也'字,大家发财!"我口快地接着说:"那时你已经死了!我也死了!"他用手掩住我的口道:"话勿得!话勿得!大家长生不老!大家发财!"我被他弄得莫名其妙,不敢再说下去了。但从这时候起,我不复全身沉浸在"时间"的急流中跟它漂流。我开始在这急流中抬起头来，回顾后面，眺望前面，想看看"时间"这东西的状态。我想，我们这店即使依照《千字文》开了一千年，但"天"字以前和"也"字以后，一定还有年代。那么，时间从何时开始，何时了结呢？又是一个粗大的"？"隐约地出现在我的眼前。我问父亲："祖父的父亲是谁？"父亲道："曾祖。""曾祖的父亲是谁？""高祖。""高祖的父亲是谁？"父亲看见我有些像孟尝君，笑着抚我的头，说："你要知道他做什么？人都有父亲，不过年代太远的祖宗，我们不能一一知道他的人了。"我不敢再问，但在心中思维"人都有父亲"这句话，觉得与空间的"无穷大"同样不可想象。很大的"？"又出现在我的眼前。

我入小学校，历史先生教我盘古氏开天辟地的事。我心中想：天地没有开辟的时候状态如何？盘古氏的父亲是谁？他的父亲的父亲的父亲……又是谁？同学中没有一个提出这样的疑问，我也不敢质问先生。我入师范学校，才知道盘古氏开天辟地是一种靠不住的神话。又知道西洋有达尔文的"进化论"，人类的远祖就是做戏法的人所畜的猴子。而且猴子还有它的远祖。从我们向过去逐步追溯上去，可一直追溯到生物的起源，地球的诞生，太阳的诞生，宇宙的诞生。再从我们向未来推想下去，可一直推想到人类的末日，生物的绝种，地球的毁坏，太阳的冷却，宇宙的寂灭。但宇宙诞生以前，和寂灭以后，"时间"这东西难道没有了吗？"没有时间"的状态，比"无穷大"的状态愈加使我不能想象。而时间的性状实比空间的性状愈加难于认识。我在自己的呼吸中窥探时间的流动痕迹，一个个的呼吸鱼贯地翻进"过去"的深渊中，无论如何不可挽留。我害怕起来，屏住了呼吸，但自鸣钟仍在"的格，的格"地告诉我时间的经过。一个个的"的格"鱼贯地翻进过去的深渊中，仍是无论如何不可挽留的。时间究竟怎样开始？将怎样告终？我眼前的"？"比前愈加粗大，愈加迫近了。夜深人静的时候，我屡屡为它失眠。我心中愤慨地想：我的生命是跟了时间走的。"时间"的状态都不明白，我不能安心做人！世人对于这个切身而重大的问题，为什么都不说起？以后我遇见人，就向他们提出这个问题。他们或者说不可知，或者一笑置之，而谈别的世事了。我愤慨地反抗："朋友！我这个问题比你所谈的世事重大得多，切身得多！你为什么不理？"听到这话的人都笑了。他们的笑声中似乎在说："你有神经病了！"我不再问，只能让那粗大的"？"照旧挂在我的眼前，直到它引导我入佛教的时候。

廿二（1933）年二月廿四日

名师赏析

作者以"两个'？'"为题，一开始就设置了巨大悬念，激发读者的阅读兴趣；进而以此为线索，串联起作者自童蒙以来关于时间和空间的所有疑问和释疑过程，层层推进、环环相扣，最终一步步揭示本文的主旨——对于人类与宇宙的探寻，儿童有着天然的好奇心和求知欲，我们不应忽视，这是人类自身通往觉悟的成长之路。

"遂古之初,谁传道之?上下未形,何由考之?""天地玄黄,宇宙洪荒。"对于宇宙的终极思考,人类自有意识以来就从未停过。每个人在生命的最初,都对身处的时空有着一致的好奇,"我是谁""从何来""往何去"。想要知道这一关乎人类存在意义的终极答案,便无可避免地与"时空"产生交集。然而,空间无边无际,时间无始无终,"时空"更是一个宏大的哲学命题,要想讲明白这个问题,并非易事。

幸而作者匠心独运,以自身孩童时期的成长片段为例,以儿童丰富的联想和想象追问,以童真的语言和真挚的情感,生动地阐释了自己对于空间和时间的认识和理解,不仅符合儿童的认知水平和心理,也非常容易引起情感共鸣。

渐

使人生圆滑进行的微妙的要素，莫如"渐"；造物主骗人的手段，也莫如"渐"。在不知不觉之中，天真烂漫的孩子"渐渐"变成野心勃勃的青年；慷慨豪侠的青年"渐渐"变成冷酷的成人；血气旺盛的成人"渐渐"变成顽固的老头子。因为其变更是渐进的，一年一年地、一月一月地、一日一日地、一时一时地、一分一分地、一秒一秒地渐进，犹如从斜度极缓的长远的山坡上走下来，使人不察其递降的痕迹，不见其各阶段的境界，而似乎觉得常在同样的地位，恒久不变，又无时不有生的意趣与价值，于是人生就被确实肯定，而圆滑进行了。假使人生的进行不像山坡而像风琴的键板，由 do 忽然移到 re，即如昨夜的孩子今朝忽然变成青年；或者像旋律的"接离进行"地由 do 忽然跳到 mi，即如朝为青年而夕暮忽成老人，人一定要惊讶、感慨、悲伤，或痛感人生的无常，而不乐为人了，故可知人生是由"渐"维持的。这在女人恐怕尤为必要：歌剧中，舞台上的如花的少女，就是将来火炉旁边的老婆子，这句话，骤听使人不能相信，少女也不肯承认，实则现在的老婆子都是由如花的少女"渐渐"变成的。

人之能堪受境遇的变衰，也全靠这"渐"的助力。巨富的纨绔子弟因屡次破产而"渐渐"荡尽其家产，变为贫者；贫者只得做佣工，佣工往往变为奴隶，奴隶容易变为无赖，无赖与乞丐相去甚近，乞丐不妨做偷儿……这样的例，在小说中，在实际上，均多得很。因为其变衰是延长为十年二十年而一步一步地"渐渐"地达到的，在本人不感到什么强烈的刺激。故虽到了饥寒病苦刑笞交迫的地步，仍是熙熙然贪恋着目前的生的欢喜。假如一位千金之子忽然变了乞丐或偷儿，这人一定愤不欲生了。

这真是大自然的神秘的原则，造物主的微妙的功夫！阴阳潜移，春秋代序，以及物类的衰荣生杀，无不暗合于这法则。由萌芽的春"渐渐"变成绿荫的夏；由凋零的秋"渐渐"变成枯寂的冬。我们虽已经历数十寒暑，但在围炉拥衾的冬夜仍是难于想象饮冰挥扇的夏日的心情；反之亦然。然而由冬一天一天地、一时一时地、一分一分地、一秒一秒地移向夏，由夏一天一天地、一时一时地、一分一分地、一秒一秒地移向冬，其间实在没有显著的痕迹可寻。昼夜也是如此：傍晚坐在窗下看书，书页上"渐渐"地黑起来，倘不断地看下去（目力能因了光的渐弱而渐渐加强），几乎永远可以认识书页上的字迹，即不觉昼之已变为夜。黎明凭窗，不瞬目地注视东天，也不辨自夜向昼的推移的痕迹。儿女渐渐长大起来，在朝夕相见的父母全不觉得，难得见面的远亲就相见不相识了。往年除夕，我们曾在红蜡烛底下守候水仙花的开放，真是痴态！倘水仙花果真当面开放给我们看，便是大自然的原则的破坏，宇宙的根本的摇动，世界人类的末日临到了！

"渐"的作用，就是用每步相差极微极缓的方法来隐蔽时间的过去与事物的变迁的痕迹，使人误认其为恒久不变。这真是造物主骗人的一大诡计！这有一件比喻的故事：某农夫每天朝晨抱了犊而跳过一沟，到田里去工作，夕暮又抱了它跳过沟回家。每日如此，未尝间断。过了一年，犊已渐大、渐重，差不多变成大牛，但农夫全不觉得，仍是抱了它跳沟。有一天他因事停止工作，次日再就不能抱了这牛而跳沟了。造物的骗人，使人留连于其每日每时的生的欢喜而不觉其变迁与辛苦，就是用这个方法的。人们每日在抱了日重一日的牛而跳沟，不准停止。自己误以为是不变的，其实每日在增加其苦劳！

我觉得时辰钟是人生的最好的象征了。时辰钟的针，平常一看总觉得是"不动"的；其实人造物中最常动的无过于时辰钟的针了。日常生活中的人生也如此，刻刻觉得我是我，似乎这"我"永远不变，实则与时辰钟的针一样的无常！一息尚存，总觉得我仍是我，我没有变，还是留连着我的生，可怜受尽"渐"的欺骗！

"渐"的本质是"时间"。时间我觉得比空间更为不可思议，犹之时间艺术的音乐比空间艺术的绘画更为神秘。因为空间姑且不追究它如何广大或无限，我们总可以把握其一端，认定其一点。时间则全然无从把握，不可挽留，只有过去与未来在渺茫之中不绝地相追逐而已。性质上既已渺茫不可思议，分量上在人生也似乎太多。因为一般人对于时间的悟性，似乎只够支配搭船乘车的短时间；对于百年的长时间的寿命，他们不能胜任，往往迷于局部而不能顾及全体。试看乘火车的旅客中，常有明达的人，有的宁牺牲暂时的安乐而让其座位于老弱者，以求心的太平（或搏暂时的美誉）；有的见众人争先下车，而退在后面，或高呼"勿要轧，总有得下去的！""大家都要下去的！"然而在乘"社会"或"世界"的大火车的"人生"的长期的旅客中，就少有这样的明达之人。所以我觉得百年的寿命，定得太长。像现在的世界上的人，倘定他们搭船乘车的期间的寿命，也许在人类社会上可减少许多凶险残惨的争斗，而与火车中一样地谦让，和平，也未可知。

然人类中也有几个能胜任百年的或千古的寿命的人。那是"大人格""大人生"。他们能不为"渐"所迷，不为造物所欺，而收缩无限的时间并空间于方寸的心中。故佛家能纳须弥于芥子。中国古诗人（白居易）说："蜗牛角上争何事？石火光中寄此身。"英国诗人（Blake）也说："一粒沙里见世界，一朵花里见天国；手掌里盛住无限，一刹那便是永劫。"

一九二八年芒种

名师赏析

"渐"是什么？作者认为，渐的本质是时间，"渐"是一种慢到不易觉察的动态变化过程，尤其是在一个较长的时间段里，很少有人能敏锐地感受到事物、生命在每一分一秒后的变化，最终丧失了警惕，迷失了初心，白白浪费了宝贵的光阴而不自知。

作者以人们身边最为常见的"渐"为例，列举年龄之渐、性格之渐、境遇之渐、季节之渐、昼夜之渐、生长之渐、钟表之渐等的悄然变化，全方位展示了"渐"之威力，点明时间总是在无声无息之中改变一切的事实。作者在结尾提到少有的"大人格""大人生"者能不为"渐"所迷，也意在唤起人们对于"渐"的正视，对于时间的珍惜，对于生命的珍重，以及对于人生的慎重选择。

白　鹅

抗战胜利后八个月零十天，我卖脱了三年前在重庆沙坪坝庙湾地方自建的小屋，迁居城中去等候归舟。

除了托庇三年的情感以外，我对这小屋实在毫无留恋。因为这屋太简陋了，这环境太荒凉了；我去屋如弃敝屣。倒是屋里养的一只白鹅，使我恋恋不忘。

这白鹅，是一位将要远行的朋友送给我的。这朋友住在北碚，特地从北碚把这鹅带到重庆来送给我。我亲自抱了这雪白的大鸟回家，放在院子内。它伸长了头颈，左顾右盼，我一看这姿态，想道："好一个高傲的动物！"凡动物，头是最主要部分。这部分的形状，最能表明动物的性格。例如狮子、老虎，头都是大的，表示其力强；麒麟、骆驼，头都是高的，表示其高超；狼、狐、狗等，头都是尖的，表示其刁奸猥鄙；猪猡、乌龟等，头都是缩的，表示其冥顽愚蠢；鹅的头在比例上比骆驼更高，与麒麟相似，正是高超性格的表示。而在它的叫声、步态、吃相中，更表示出一种傲慢之气。

鹅的叫声，与鸭的叫声大体相似，都是"轧轧"然的。但音调上大不相同。鸭的"轧轧"，其音调琐碎而愉快，有小心翼翼的意味；鹅的"轧轧"，其音调严肃郑重，有似厉声呵斥。

它的旧主人告诉我：养鹅等于养狗，它也能看守门户。后来我看到果然：凡有生客进来，鹅必然厉声叫嚣；甚至篱笆外有人走路，也要它引吭大叫，其叫声的严厉，不亚于狗的狂吠。狗的狂吠，是专对生客或宵小用的；见了主人，狗会摇头摆尾，呜呜地乞怜。鹅则对无论何人，都是厉声呵斥；要求饲食时的叫声，也好像大爷嫌饭迟而怒骂小使一样。

　　鹅的步态，更是傲慢了。这在大体上也与鸭相似。但鸭的步调急速，有局促不安之相。鹅的步调从容，大模大样的，颇像平剧（京剧）里的净角出场，这正是它的傲慢性格的表现。我们走近鸡或鸭，这鸡或鸭一定让步逃走，这是表示对人惧怕，所以我们要捉住鸡或鸭，颇不容易。那鹅就不然，它傲然地站着，看见人走来简直不让，有时非但不让，竟伸过颈子来咬你一口，这表示它不怕人，看不起人。但这傲慢终归是狂妄的。我们一伸手，就可一把抓住它的项颈，而任意处置它。家畜之中，最傲人的无过于鹅，同时最容易捉住的也无过于鹅。

　　鹅的吃饭，常常使我们发笑。我们的鹅是吃冷饭的，一日三餐。它需要三样东西下饭：一样是水，一样是泥，一样是草。先吃一口冷饭，次吃一口水，然后再到某地方去吃一口泥及草。这地方是它自己选定的，选的目标，我们做人的无法知道。大约泥和草也有各种滋味，它是依着它的胃口而选定的。这食料并不奢侈；但它的吃法，三眼一板，丝毫不苟。譬如吃了一口饭，倘水盆偶然放在远处，它一定从容不迫地踏大步走上前去，饮水一口，再踏大步走到一定的地方去吃泥，吃草。吃过泥和草再回来吃饭。这样从容不迫地吃饭，必须有一个人在旁侍候，像饭馆里的侍者一样。因为附近的狗，都知道我们这位鹅老爷的脾气,每逢它吃饭的时候,狗就躲在篱边窥伺。等它吃过一口饭,踱着方步去吃水、吃泥、吃草的当儿,狗就敏捷地跑上来,努力地吃它的饭。没有吃完,鹅老爷偶然早归,伸颈去咬狗,并且厉声叫骂,狗立刻逃往篱边,蹲着静候;看它再吃了一口饭,再走开去吃水、吃草、吃泥的时候,狗又敏捷地跑上来,这回就把它的饭吃完,扬长而去了。等到鹅再来吃饭的时候,饭罐已经空空如也。鹅便昂首大叫,似乎责备人们供养不周。这时我们便替它添饭,并且站着侍候。因为邻近狗很多,一狗方去,一狗又来蹲着窥伺了。邻近的鸡也很多,也常蹑手蹑脚地来偷鹅的饭吃。我们不胜其烦,以后便将饭罐和水盆放在一起,免得它走远去,让鸡、狗偷饭吃。然而它所必须的盛馔泥和草,所在的地点远近无定。为了找这盛馔,它仍是要走远去的。因此鹅的吃饭,非有一人侍候不可。真是架子十足的!

　　鹅,不拘它如何高傲,我们始终要养它,直到房子卖脱为止。因为它对我们,物质上和精神上都有贡献,使主母和主人都欢喜它。物质上的贡献,是生蛋。它每天或隔天生一个蛋,篱边特设一堆稻草,鹅蹲伏在稻草中了,便是要生蛋了。家里的小孩子更兴奋,站在它旁边等候。它分娩毕,就起身,大踏步走进屋里去,大声叫开饭。这时候孩子们把蛋热热地捡起,藏在背后拿进屋子来,说是怕鹅看见了要生气。鹅蛋真是大,有鸡蛋的四倍呢!主母的蛋篓子内积得多了,就拿来制盐蛋,炖一个盐鹅蛋,一家人吃不了的!工友上街买菜回来说:"今天菜市上有卖鹅蛋的,要四百元一个,我们的鹅每天挣四百元,一个月挣一万二,比我们做工还好呢。哈哈哈哈。"大家陪他

"哈哈哈哈"。望望那鹅，它正吃饱了饭，昂胸凸肚地，在院子里踱方步，看野景，似乎更加神气活现了。但我觉得，比吃鹅蛋更好的，还是它的精神的贡献。因为我们这屋实在太简陋，环境实在太荒凉，生活实在太岑寂了。赖有这一只白鹅，点缀庭院，增加生气，慰我寂寞。

且说我这屋子，真是简陋极了：篱笆之内，地皮二十方丈，屋所占的只六方丈，其余算是庭院。这六方丈上，建着三间"抗建式"平屋，每间前后划分为二室，共得六室，每室平均一方丈。中央一间，前室特别大些，约有一方丈半弱，算是食堂兼客堂；后室就只有半方丈强，比公共汽车还小，作为家人的卧室。西边一间，平均划分为二，算是厨房及工友室。东边一间，也平均划分为二，后室也是家人的卧室，前室便是我的书房兼卧房。三年以来，我坐卧写作，都在这一方丈内。归熙甫《项脊轩记》中说："室仅方丈，可容一人居。"又说："雨泽下注，每移案，顾视无可置者。"我只有想起这些话的时候，感觉得自己满足。我的屋虽不上漏，可是墙是竹制的，单薄得很。夏天九点钟以后，东墙上炙手可热，室内好比开放了热水汀。这时候反教人希望警报，可到六七丈深的地下室去凉快一下呢。

竹篱之内的院子，薄薄的泥层下面尽是岩石，只能种些番茄、蚕豆、芭蕉之类，却不能种树木。竹篱之外，坡岩起伏，尽是荒郊。因此这小屋赤裸裸的，孤零零的，毫无依蔽；远远望来，正像一个亭子。我长年坐守其中，就好比一个亭长。这地点离街约有里许，小径迂回，不易寻找，来客极稀。杜诗"幽栖地僻经过少"一句，这屋可以受之无愧。风雨之日，泥泞载途,狗也懒得走过,环境荒凉更甚。这些日子岑寂的滋味,至今回想还觉得可怕。

自从这小屋落成之后,我就辞绝了教职,恢复了战前的闲居生活。我对外间绝少往来,每日只是读书作画,饮酒闲谈而已。我的时间全部是我自己的。这是我的性格的要求,这在我是认为幸福的。然而这幸福必需两个条件:在太平时,在都会里。如今在抗战期,在荒村里,这幸福就伴着一种苦闷——岑寂。为避免这苦闷,我便在读书、作画之余,在院子里种豆,种菜,养鸽,养鹅。而鹅给我的印象最深,因为它有那么庞大的身体,那么雪白的颜色,那么雄壮的叫声,那么轩昂的态度,那么高傲的脾气,和那么可笑的行为。在这荒凉岑寂的环境中,这鹅竟成了一个焦点。凄风苦雨之日,手酸意倦之时,推窗一望,死气沉沉,惟有这伟大的雪白的东西,高擎着琥珀色的喙,在雨中昂然独步,好像一个武装的守卫,使得这小屋有了保障,这院子有了主宰,这环境有了生气。

我的小屋易主的前几天,我把这鹅送给住在小龙坎的朋友人家。送出之后的几天内,颇有异样的感觉。这感觉与诀别一个人的时候所发生的感觉完全相同,不过分量较为轻微而已。原来一切众生,本是同根,凡属血气,皆有共感。所以这禽鸟比这房屋更是牵惹人情,更能使人留恋。现在我写这篇短文,就好比为一个永诀的朋友立传,写照。

这鹅的旧主人姓夏名宗禹,现在与我邻居着。

卅五(1946)年四月二十五日于重庆

名师赏析

　　通篇拟人化手法，细腻生动地刻画了白鹅的外形、叫声、步态、吃相等方面，凸显其"高傲"的性格特点，似贬实褒，欲扬先抑，读来情趣盎然，令人忍俊不禁。

　　人与动物的相处，因着时间和境遇的限定，多会生出情感上的羁绊。将一只家禽当作老友般怀念并专门为之作记，可见其分量。白鹅的出现，是在抗战避难的特殊时期，是友人所赠；它陪伴作者一家度过了那段最艰难的岁月，为他们带去物质的助益和精神的慰藉，在荒凉岑寂、凄风苦雨的相处中渐成小友；而最后的分别也正意味着那段艰难岁月的结束，日积月累的情感使作者心中不舍，一如与老友诀别。用作者的话即是"一切众生，本是同根，凡属血气，皆有共感"。这份情感令人唏嘘。

　　更难能可贵的是，作者在字里行间对于白鹅各种情态的刻画，并非驯养的俯视，而是尊重的平视甚至仰视，从另一层面来说，白鹅正是作者对乱世之中仍然坚守的理想人格的写照。

给我的孩子们[1]

　　我的孩子们！我憧憬于你们的生活，每天不止一次！我想委曲地说出来，使你们自己晓得。可惜到你们懂得我的话的意思的时候，你们将不复是可以使我憧憬的人了。这是何等可悲哀的事啊！

　　瞻瞻！你尤其可佩服。你是身心全部公开的真人。你什么事体都像拼命地用全副精力去对付。小小的失意，像花生米翻落地了，自己嚼了舌头了，小猫不肯吃糕了，你都要哭得嘴唇翻白，昏去一两分钟。外婆普陀去烧香买回来给你的泥人，你何等鞠躬尽瘁地抱他，喂他；有一天你自己失手把他打破了，你的号哭的悲哀，比大人们的破产，失恋，broken heart（心碎），丧考妣，全军覆没的悲哀都要真切。两把芭蕉扇做的脚踏车，麻雀牌堆成的火车、汽车，你何等认真地看待，挺直了嗓子叫"汪——""咕咕咕……"来代替汽笛。宝姐姐讲故事给你听，说到"月亮姐姐挂下一只篮来，宝姐姐坐在篮里吊了上去，瞻瞻在下面看"的时候，你何等激昂地同她争，说"瞻瞻要上去，宝姐姐在下面看！"甚至哭到漫姑[2]面前去求审判。

---

[1] 本篇原载《文学周报》1926 年 12 月 26 日第 4 卷第 6 期。
[2] 漫姑，即作者的三姐丰满。

我每次剃了头，你真心地疑我变了和尚，好几时不要我抱。最是今年夏天，你坐在我膝上发见了我腋下的长毛，当作黄鼠狼的时候，你何等伤心，你立刻从我身上爬下去，起初眼瞪瞪地对我端相，继而大失所望地号哭，看看，哭哭，如同对被判定了死罪的亲友一样。你要我抱你到车站里去，多多益善地要买香蕉，满满地撺了两手回来，回到门口时你已经熟睡在我的肩上，手里的香蕉不知落在哪里去了。这是何等可佩服的真率，自然，与热情！大人间的所谓"沉默""含蓄""深刻"的美德，比起你来，全是不自然的，病的，伪的！

你们每天坐火车，坐汽车，办酒，请菩萨，堆六面画，唱歌，全是自动的，创造创作的生活。大人们的呼号"归自然！""生活的艺术化""劳动的艺术化！"在你们面前真是出丑得很了！依样画几笔画，写几篇文的人称为艺术家，创作家，对你们更要愧死！

你们的创作力，比大人真是强盛得多哩：瞻瞻！你的身体不及椅子的一半，却常常要搬动它，与它一同翻倒在地上；你又要把一杯茶横转来藏在抽斗里，要皮球停在壁上，要拉住火车的尾巴，要月亮出来，要天停止下雨。在这等小小的事件中，明明表示着你们的小弱的体力与智力不足以应付强盛的创作欲、表现欲的驱使，因而遭逢失败。然而你们是不受大自然的支配，不受人类社会的束缚的创造者，所以你的遭逢失败，例如火车尾巴拉不住，月亮呼不出来的时候，你们决不承认是事实的不可能，总以为是爹爹妈妈不肯帮你们办到，同不许你们弄自鸣钟同例，所以愤愤地哭了，你们的世界何等广大！

你们一定想：终天无聊地伏在案上弄笔的爸爸，终天闷闷地坐在窗下弄引线的妈妈,是何等无气性的奇怪的动物!你们所视为奇怪动物的我与你们的母亲,有时确实难为了你们,摧残了你们,回想起来,真是不安心得很!

阿宝!有一晚你拿软软的新鞋子,和自己脚上脱下来的鞋子,给凳子的脚穿了,划破了袜立在地上,得意地叫"阿宝两只脚,凳子四只脚"的时候,你母亲喊着"龌龊了袜子!"立刻擒你到藤榻上,动手毁坏你的创作。当你蹲在榻上注视你母亲动手毁坏的时候,你的小心里一定感到"母亲这种人,何等杀风景而野蛮"吧!

瞻瞻!有一天开明书店送了几册新出版的毛边的《音乐入门》来。我用小刀把书页一张一张地裁开来,你侧着头,站在桌边默默地看。后来我从学校回来,你已经在我的书架上拿了一本连史纸印的中国装的《楚辞》,把它裁破了十几页,得意地对我说:"爸爸!瞻瞻也会裁了!"瞻瞻!这在你原是何等成功的欢喜,何等得意的作品!却被我一个惊骇的"哼!"字喊得你哭了。那时候你也一定抱怨"爸爸何等不明"吧!

软软!你常常要弄我的长锋羊毫,我看见了总是无情地夺脱你。现在你一定轻视我,想道:"你终于要我画你的画集的封面!"①

最不安心的,是有时我还要拉一个你们所最怕的陆露沙医生来,教他用他的大手来摸你们的肚子,甚至用刀来在你们臂上割几下,还要教妈妈和漫姑擒住了你们的手脚,捏住了你们的鼻子,把很苦的水灌到你们的嘴里去。这在你们一定认为是太无人道的野蛮举动吧!

---

①《子恺画集》的封面画是软软所作。

孩子们！你们果真抱怨我，我倒欢喜；到你们的抱怨变为感谢的时候，我的悲哀来了！

我在世间，永没有逢到像你们样出肺肝相示的人。世间的人群结合，永没有像你们样的彻底地真实而纯洁。最是我到上海去干了无聊的所谓"事"回来，或者去同不相干的人们做了叫作"上课"的一种把戏回来，你们在门口或车站旁等我的时候，我心中何等惭愧又欢喜！惭愧我为什么去做这等无聊的事，欢喜我又得暂时放怀一切地加入你们的真生活的团体。

但是，你们的黄金时代有限，现实终于要暴露的。这是我经验过来的情形，也是大人们谁也经验过的情形。我眼看见儿时的伴侣中的英雄，好汉，一个个退缩、顺从、妥协、屈服起来，到像绵羊的地步。我自己也是如此。"后之视今，亦犹今之视昔"，你们不久也要走这条路呢！

我的孩子们！憧憬于你们的生活的我，痴心要为你们永远挽留这黄金时代在这册子里。然这真不过像"蜘蛛网落花"，略微保留一点春的痕迹而已。且到你们懂得我这片心情的时候，你们早已不是这样的人，我的画在世间已无可印证了！这是何等可悲哀的事啊！

一九二六年耶诞节作

名师赏析

本文是作者写给儿女们的赞美诗，也是对无法挽留其童真的致歉信。

  作者从一个父亲的角度，如数家珍地将每一个孩子的童真趣事娓娓道来，又转以儿童的眼光来看待生活中种种"奇怪"现象，体察儿童种种作为背后的心理，充满了对儿童世界的理解和赞美。在他看来，孩子是世间最纯粹、最真诚、最情感饱满的真人，他们毫不虚伪、从不矫饰，所作所为皆出自肺腑，儿童世界的率真自然、自由博大是成人世界远不能及的。然而这样的黄金时代终将会随着孩子们的成长而逐渐消失，每个人都会经历这样的无奈，这里也传达出作者对于童真世界的深深留恋和惋惜遗憾。

忆儿时

一

我回忆儿时,有三件不能忘却的事。

第一件是养蚕。那是我五六岁时、我祖母在日的事。我祖母是一个豪爽而善于享乐的人,良辰佳节不肯轻轻放过。养蚕也每年大规模地举行。其实,我长大后才晓得,祖母的养蚕并非专为图利,叶贵的年头常要蚀本,然而她喜欢这暮春的点缀,故每年大规模地举行。我所喜欢的,最初是蚕落地铺。那时我们的三开间的厅上、地上统是蚕,架着经纬的跳板,以便通行及饲叶。蒋五伯挑了担到地里去采叶,我与诸姐跟了去,去吃桑葚。蚕落地铺的时候,桑葚已很紫而甜了,比杨梅好吃得多。我们吃饱之后,又用一张大叶做一只碗,采了一碗桑葚,跟了蒋五伯回来。蒋五伯饲蚕,我就以走跳板为戏乐,常常失足翻落地铺里,压死许多蚕宝宝,祖母忙喊蒋五伯抱我起来,不许我再走。然而这满屋的跳板,像棋盘街一样,又很低,走起来一点也不怕,真是有趣。这真是一年一度的难得的乐事!所以虽然祖母禁止,我总是每天要去走。

蚕上山之后,全家静默守护,那时不许小孩子们吵了,我暂时感到沉闷。然而过了几天，采茧，做丝，热闹的空气又浓起来了。我们每年照例请牛桥头七娘娘来做丝。蒋五伯每天买枇杷和软糕来给采茧、做丝、烧火的人吃。大家认为现在是辛苦而有希望的时候，应该享受这点心，都不客气地取食。我也无功受禄地天天吃多量的枇杷与软糕，这又是乐事。

七娘娘做丝休息的时候，捧了水烟筒，伸出她左手上的短少半段的小指给我看，对我说：做丝的时候，丝车后面，是万万不可走近去的。她的小指，便是小时候不留心被丝车轴棒轧脱的。她又说："小囡囡不可走近丝车后面去，只管坐在我身旁，吃枇杷，吃软糕。还有做丝做出来的蚕蛹，叫妈妈用油炒一炒，真好吃哩！"然而我始终不要吃蚕蛹，大概是我爸爸和诸姐都不要吃的原故。我所乐的，只是那时候家里的非常的空气。日常固定不动的堂窗、长台、八仙椅子，都收拾去，而变成不常见的丝车、匾、缸。又不断地公然地可以吃小食。

丝做好后，蒋五伯口中唱着"要吃枇杷，来年蚕罢"，收拾丝车，恢复一切陈设。我感到一种兴尽的寂寥。然而对于这种变换，倒也觉得新奇而有趣。

现在我回忆这儿时的事，常常使我神往！祖母、蒋五伯、七娘娘和诸姐都像童话里、戏剧里的人物了。且在我看来，他们当时这剧的主人公便是我。何等甜美的回忆！只是这剧的题材，现在我仔细想想觉得不好：养蚕做丝，在生计上原是幸福的，然其本身是数万的生灵的杀虐！《西青散记》里面有两句仙人的诗句："自织藕丝衫子嫩，可怜辛苦赦春蚕。"安得人间也发明织藕丝的丝车，而尽赦天下的春蚕的性命！

我七岁上祖母死了，我家不复养蚕。不久父亲与诸姐弟相继死亡，家道衰落了，我的幸福的儿时也过去了。因此这回忆一面使我永远神往，一面又使我永远忏悔。

二

第二件不能忘却的事，是父亲的中秋赏月，而赏月之乐的中心，在于吃蟹。

我的父亲中了举人之后，科举就废，他无事在家，每天吃酒，看书。他不要吃羊、牛、猪肉，而喜欢吃鱼、虾之类。而对于蟹，尤其喜欢。自七八月起直到冬天，父亲平日的晚酌规定吃一只蟹，一碗隔壁豆腐店里买来的开锅热豆腐干。他的晚酌，时间总在黄昏。八仙桌上一盏洋油灯，一把紫砂酒壶，一只盛热豆腐干的碎瓷盖碗，一把水烟筒，一本书，桌子角上一只端坐的老猫，我脑中这印象非常深刻，到现在还可以清楚地浮现出来。我在旁边看，有时他给我一只蟹脚或半块豆腐干。然我喜欢蟹脚。蟹的味道真好，我们五个姊妹兄弟，都喜欢吃，也是为了父亲喜欢吃的原故。只有母亲与我们相反，喜欢吃肉，而不喜欢又不会吃蟹，吃的时候常常被蟹螯上的刺刺开手指，出血；而且抉剔得很不干净，父亲常常说她是外行。父亲说：吃蟹是风雅的事，吃法也要内行才懂得。先折蟹脚，后开蟹斗……脚上的拳头（即关节）里的肉怎样可以吃干净，脐里的肉怎样可以剔出……脚爪可以当作剔肉的针……蟹螯上的骨头可以拼成一只很好看的蝴蝶……父亲吃蟹真是内行，吃得非常干净。所以陈妈妈说："老爷吃下来的蟹壳，真是蟹壳。"

蟹的储藏所，就在天井角落里的缸里，经常总养着十来只。到了七夕、七月半、中秋、重阳等节候上,缸里的蟹就满了,那时我们都有得吃,而且每人得吃一大只,或一只半。尤其是中秋一天,兴致更浓。在深黄昏,移桌子到隔壁的白场上的月光下面去吃。更深人静,明月底下只有我们一家的人,恰好围成一桌,此外只有一个供差使的红英坐在旁边。大家谈笑,看月亮,他们——父亲和诸姐——直到月落时光,我则半途睡去,与父亲和诸姐不分而散。

这原是为了父亲嗜蟹,以吃蟹为中心而举行的。故这种夜宴,不仅限于中秋,有蟹的季节里的月夜,无端也要举行数次。不过不是良辰佳节,我们少吃一点,有时两人分吃一只。我们都学父亲,剥得很精细,剥出来的肉不是立刻吃的,都积受在蟹斗里,剥完之后,放一点姜醋,拌一拌,就作为下饭的菜,此外没有别的菜了。因为父亲吃菜是很省的,而且他说蟹是至味,吃蟹时混吃别的菜肴,是乏味的。我们也学他,半蟹斗的蟹肉,过两碗饭还有余,就可得父亲的称赞,又可以白口吃下余多的蟹肉,所以大家都勉力节省。现在回想那时候,半条蟹腿肉要过两大口饭,这滋味真好!自父亲死了以后,我不曾再尝这种好滋味。现在,我已经自己做父亲,况且已经茹素,当然永远不会再尝这滋味了。唉!儿时欢乐,何等使我神往!

然而这一剧的题材,仍是生灵的杀虐!因此这回忆一面使我永远神往,一面又使我永远忏悔。

三

第三件不能忘却的事,是与隔壁豆腐店里的王囝囝的交游，而这交游的中心，在于钓鱼。

那是我十二三岁时的事，隔壁豆腐店里的王囡囡是当时我的小侣伴中的大阿哥。他是独子，他的母亲、祖母和大伯，都很疼爱他，给他很多的钱和玩具，而且每天放任他在外游玩。他家与我家贴邻而居。我家的人们每天赴市，必须经过他家的豆腐店的门口，两家的人们朝夕相见，互相来往。小孩们也朝夕相见，互相来往。此外他家对于我家似乎还有一种邻人以上的深切的交谊，故他家的人对于我特别要好，他的祖母常常拿自产的豆腐干、豆腐衣等来送给我父亲下酒。同时在小侣伴中，王囡囡也特别和我要好。他的年纪比我大，气力比我好，生活比我丰富，我们一道游玩的时候，他时时引导我，照顾我，犹似长兄对于幼弟。我们有时就在我家的染坊店里的榻上玩耍，有时相偕出游。他的祖母每次看见我俩一同玩耍，必叮嘱囡囡好好看待我，勿要相骂。我听人说，他家似乎曾经患难，而我父亲曾经帮他们忙，所以他家大人们吩咐王囡囡照应我。

我起初不会钓鱼，是王囡囡教我的。他叫他大伯买两副钓竿，一副送我，一副他自己用。他到米桶里去捉许多米虫，浸在盛水的罐头里，领了我到木场桥头去钓鱼。他教给我看，先捉起一个米虫来，把钓钩由虫尾穿进，直穿到头部。然后放下水去。他又说："浮珠一动，你要立刻拉，那么钩子钩住鱼的颚，鱼就逃不脱。"我照他所教的试验，果然第一天钓了十几头白条，然而都是他帮我拉钓竿的。

第二天，他手里拿了半罐头扑杀的苍蝇，又来约我去钓鱼。途中他对我说："不一定是米虫，用苍蝇钓鱼更好。鱼喜欢吃苍蝇！"这一天我们钓了一小桶各种的鱼。回家的时候，他把鱼桶送到我家里，说他不要。我母亲就叫红英去煎一煎，给我下晚饭。

自此以后，我只管欢喜钓鱼。不一定要王囡囡陪去，自己一人也去钓，又学得了掘蚯蚓来钓鱼的方法。而且钓来的鱼，不仅够自己下晚饭，还可送给店里的人吃，或给猫吃。我记得这时候我的热心钓鱼，不仅出于游戏欲，又有几分功利的兴味在内。有三四个夏季，我热心于钓鱼，给母亲省了不少的菜蔬钱。

后来我长大了，赴他乡入学，不复有钓鱼的工夫。但在书中常常读到赞咏钓鱼的文句，例如什么"独钓寒江雪"，什么"渔樵度此身"，才知道钓鱼原来是很风雅的事。后来又晓得有所谓"游钓之地"的美名称，是形容人的故乡的。我大受其煽惑，为之大发牢骚：我想"钓鱼确是雅的，我的故乡，确是我的游钓之地，确是可怀的故乡"。但是现在想想，不幸而这题材也是生灵的杀虐！

我的黄金时代很短，可怀念的又只有这三件事。不幸而都是杀生取乐，都使我永远忏悔。

一九二七年梅雨时节

名师赏析

作者以细腻的笔触追忆了儿时的三件不能忘却之事：看

祖母养蚕，与父亲吃蟹，和王囡囡钓鱼等往事，率真自然，妙趣横生。在叙事中怀念祖母、父亲、童年伙伴以及蒋五伯、七娘娘、诸姐、母亲等人，不仅表达了对儿时亲情、友情的深情追忆，也有对昔日生活的怀念与眷恋，还有对过往美好不再的怅惘。

然而，本文最大的妙处并非仅仅追忆美好，而是立足当下的心境，反省往昔的作为，从而注入了另一重更博大的情感，即对于当年养蚕、吃蟹、钓鱼等虐杀生灵行为的愧疚和忏悔。作者丰子恺跟随弘一法师学佛，悲悯世间生灵，这种对生命的重新考量、对往昔造作的主动忏悔，不但丰富了文章的内涵，更拔高了文章的境界，让这篇回忆散文具有了与众不同的价值。

华瞻的日记

一

隔壁二十三号里的郑德菱,这人真好!今天妈妈抱我到门口,我看见她在水门汀上骑竹马。她对我一笑,我分明看出这一笑是叫我去一同骑竹马的意思。我立刻还她一笑,表示我极愿意,就从母亲怀里走下来,和她一同骑竹马了。两人同骑一枝竹马,我想转弯了,她也同意;我想走远一点,她也欢喜;她说让马儿吃点草,我也高兴;她说把马儿系在冬青上,我也觉得有理。我们真是同志和朋友!兴味正好的时候,妈妈出来拉住我的手,叫我去吃饭。我说:"不高兴。"妈妈说:"郑德菱也要去吃饭了!"果然郑德菱的哥哥叫着"德菱!"也走出来拉住郑德菱的手去了。我只得跟了妈妈进去。当我们将走进各自的门口的时候,她回头向我一看,我也回头向她一看,各自进去,不见了。

我实在无心吃饭。我晓得她一定也无心吃饭。不然,何以分别的时候她不对我笑,而且脸上很不高兴呢?我同她在一块,真是说不出的有趣。吃饭何必急急?即使要吃,尽可在空的时候吃。其实照我想来,像我们这样的同志,天天在一块吃饭，在一块睡觉，多好呢，何必分作两家？即使要分作两家，反正爸爸同郑德菱的爸爸很要好，妈妈也同郑德菱的妈妈常常谈笑，尽可你们大人作一块，我们小孩子作一块，不更好吗？

这"家"的分配法，不知是谁定的，真是无理之极了。想来总是大人们弄出来的。大人们的无理，近来我常常感到，不止这一端：那一天爸爸同我到先施公司去，我看见地上放着许多小汽车、小脚踏车，这分明是我们小孩子用的；但是爸爸一定不肯给我拿一部回家，让它许多空摆在那里。回来的时候，我看见许多汽车停在路旁；我要坐，爸爸一定不给我坐，让它们空停在路旁。又有一次，娘姨抱我到街里去，一个捎着许多小花篮的老太婆，口中吹着笛子，手里拿着一只小花篮，向我看，把手中的花篮递给我；然而娘姨一定不要，急忙抱我走开去。这种小花篮，原是小孩子玩的，况且那老太婆明明表示愿意给我，娘姨何以一定叫我不要接呢？娘姨也无理，这大概是爸爸教她的。

我最欢喜郑德菱。她同我站在地上一样高，走路也一样快，心情志趣都完全投合。宝姐姐或郑德菱的哥哥，有些不近情的态度，我看他们不懂。大概是他们身体长大，稍近于大人，所以心情也稍像大人的无理了。宝姐姐常常要说我"痴"。我对爸爸说，要天不下雨，好让郑德菱出来，宝姐姐就用手指点着我，说："瞻瞻痴！"怎么叫"痴"？你每天不来同我玩耍，夹了书包到学校里去，难道不是"痴"吗？爸爸整天坐在桌子前，在文章格子上一格一格地填字，难道不是"痴"吗？天下雨，不能出去玩，不是讨厌的吗？我要天不要下雨，正是近情合理的要求。我每天晚上听见你要爸爸开电灯，爸爸给你开了，满房间就明亮；现在我也要爸爸叫天不下雨，爸爸给我做了，晴天岂不也爽快呢？你何以说我"痴"？郑德菱的哥哥虽然没有说我什么，然而我总讨厌他。我们玩耍的时候，他常常板起脸，来拉郑德菱，说"赤了脚到人家家里，不怕难为情！"又说"吃人家的面包，不怕难为情！"立刻拉了她去。"难为情"是大人们惯说的话，大人们常常不怕厌气，端坐在椅子里，点头，弯腰，说什么"请，请""对不起""难为情"一类的无聊的话。他们都有点像大人了！

啊！我很少知己！我很寂寞！母亲常常说我"会哭"，我哪得不哭呢？

二

今天我看见一种奇怪的现状：

吃过糖粥，妈妈抱我走到吃饭间里的时候，我看见爸爸身上披一块大白布，垂头丧气地朝外坐在椅子上，一个穿黑长衫的麻脸的陌生人，拿一把闪亮的小刀，竟在爸爸后头颈里用劲地割。啊哟！这是何等奇怪的现状！大人们的所为，真是越看越稀奇了！爸爸何以甘心被这麻脸的陌生人割呢？痛不痛呢？

更可怪的，妈妈抱我走到吃饭间里的时候，她明明也看见这爸爸被割的骇人的现状。然而她竟毫不介意，同没有看见一样。宝姐姐夹了书包从天井里走进来，我想她见了一定要哭。谁知她只叫一声"爸爸"，向那可怕的麻子一看，就全不经意地到房间里去挂书包了。前天爸爸自己把手指割开了，他不是大叫"妈妈",立刻去拿棉花和纱布来吗?今天这可怕的麻子咬紧了牙齿割爸爸的头,何以妈妈和宝姐姐都不管呢?我真不解了。可恶的,是那麻子。他耳朵上还夹着一支香烟,同爸爸夹铅笔一样。他一定是没有铅笔的人,一定是坏人。

后来爸爸挺起眼睛叫我:"华瞻,你也来剃头,好否?"

爸爸叫过之后,那麻子就抬起头来,向我一看,露出一颗闪亮的金牙齿来。我不懂爸爸的话是什么意思,我真怕极了。我忍不住抱住妈妈的项颈而哭了。这时候妈妈、爸爸和那个麻子说了许多话,我都听不清楚,又不懂。只听见"剃头""剃头",不知是什么意思。我哭了,妈妈就抱我由天井里走出门外。走到门边的时候,我偷眼向里边一望,从窗缝窥见那麻子又咬紧牙齿,在割爸爸的耳朵了。

门外有学生在抛球,有兵在体操,有火车开去。妈妈叫我不要哭,叫我看火车。我悬念着门内的怪事,没心情去看风景,只是凭在妈妈的肩上。

我恨那麻子,这一定不是好人。我想对妈妈说,拿棒去打他。然而我终于不说。因为据我的经验,大人们的意见往往与我相左。他们往往不讲道理,硬要我吃最不好吃的"药",硬要我做最难当的"洗脸",或坚不许我弄最有趣的水、最好看的火。今天的怪事,他们对之都漠然,意见一定又是与我相左的。我若提议去打,一定不被赞成。横竖拗不过他们,算了吧。我只有哭!最可怪的,平常同情于我的弄水弄火的宝姐姐,今天也跳出门来笑我,跟了妈妈说我"痴子"。我只有独自哭!有谁同情于我的哭呢?

到妈妈抱了我回来的时候,我才仰起头,预备再看一看,这怪事怎么样了？那可恶的麻子还在否？谁知一跨进墙门槛，就听见"拍，拍"的声音。走进吃饭间，我看见那麻子正用拳头打爸爸的背。"拍，拍"的声音，正是打的声音。可见他一定是用力打的，爸爸一定很痛。然而爸爸何以任他打呢？妈妈何以又不管呢？我又哭。妈妈急急地抱我到房间里，对娘姨讲些话，两人都笑起来，都对我讲了许多话。然而我还听见隔壁打人的"拍，拍"的声音，无心去听她们的话。

爸爸不是说过"打人是最不好的事"吗？那一天软软不肯给我香烟牌子，我打了她一掌，爸爸曾经骂我，说我不好；还有那一天我打碎了寒暑表，妈妈打了我一下屁股，爸爸立刻抱我，对妈妈说"打不行"。何以今天那麻子在打爸爸，大家不管呢？我继续哭，我在妈妈的怀里睡去了。

我醒来，看见爸爸坐在披雅娜（piano 钢琴）旁边，似乎无伤，耳朵也没有割去，不过头很光白，像和尚了。我见了爸爸，立刻想起了睡前的怪事，然而他们——爸爸、妈妈等——仍是毫不介意，绝不谈起。我一回想，心中非常恐怖又疑惑。明明是爸爸被割项颈，割耳朵，又被用拳头打，大家却置之不问，任我一个人恐怖又疑惑。唉！有谁同情于我的恐怖？有谁为我解释这疑惑呢？

一九二七年初夏

名师赏析

　　本文名为《华瞻的日记》，实则并非华瞻所作，而是作为父亲的作者假借儿子之口，以儿童的方式来感知世界所作。作者在文中以"我"的口吻，选取了与郑德菱的玩耍、上街所见、爸爸剃头等富有特色的生活场景，从儿童的视角、以儿童的思维方式来感知周遭事物，借儿童的语言来表达对于世界的诸多疑惑和不被理解的忧伤，一点点展现儿童丰富的内心世界和微妙的心理活动。

　　作为一个成人，作者能够真诚地放下成人姿态，以平等的目光来体察儿童心理、理解儿童情感，非唯"童心"不能至，非唯深爱不能及。天真活泼的行文语言中，隐藏的是父亲对儿子的满腔父爱；换位思考的良苦用心里，也潜藏有呼唤成人放低姿态去真实关注、关心儿童的不易与纯粹。作者在塑造了一个天真可爱的儿童形象的同时，无意中也在读者心里塑造了一个伟大的父亲形象。

儿 女

回想四个月以前，我犹似押送囚犯，突然地把小燕子似的一群儿女从上海的租寓中拖出，载上火车，送回乡间，关进低小的平屋中。自己仍回到上海的租界中，独居了四个月。这举动究竟出于什么旨意，本于什么计划，现在回想起来，连自己也不相信。其实旨意与计划，都是虚空的，自骗自扰的，实际于人生有什么利益呢？只赢得世故尘劳，做弄几番欢愁的感情，增加心头的创痕罢了！

当时我独自回到上海，走进空寂的租寓，心中不绝地浮起这两句《楞严》经文："十方虚空在汝心中，犹如白云点太清里；况诸世界在虚空耶！"

晚上整理房室，把剩在灶间里的篮钵、器皿、余薪、余米，以及其他三年来寓居中所用的家常零星物件，尽行送给来帮我做短工的、邻近的小店里的儿子。只有四双破旧的小孩子的鞋子（不知为什么缘故），我不送掉，拿来整齐地摆在自己的床下，而且后来看到的时候常常感到一种无名的愉快。直到好几天之后，邻居的友人过来闲谈，说起这床下的小鞋子阴气逼人，我方始悟到自己的痴态，就把它们拿掉了。

朋友们说我关心儿女。我对于儿女的确关心，在独居中更常有悬念的时候。但我自以为这关心与悬念中，除了本能以外，似乎尚含有一种更强的加味。所以我往往不顾自己的画技与文笔的拙陋，动辄描摹。因为我的儿女都是孩子，最年长的不过九岁，所以我对于儿女的关心与悬念中，有一部分是对于孩子们——普天下的孩子们——的关心与悬念。他们成人以后我对他们怎样？现在自己也不能晓得，但可推知其一定与现在不同，因为不复含有那种加味了。

回想过去四个月的悠闲宁静的独居生活，在我也颇觉得可恋，又可感谢。然而一旦回到故乡的平屋里，被围在一群儿女的中间的时候，我又不禁自伤了。因为我那种生活，或枯坐，默想，或钻研，搜求，或敷衍，应酬，比较起他们的天真、健全、活跃的生活来，明明是变态的、病的、残废的。

有一个炎夏的下午，我回到家中了。第二天的傍晚，我领了四个孩子——九岁的阿宝、七岁的软软、五岁的瞻瞻、三岁的阿韦——到小院中的槐荫下，坐在地上吃西瓜。夕暮的紫色中，炎阳的红味渐渐消减，凉夜的青味渐渐加浓起来。微风吹动孩子们的细丝一般的头发，身体上汗气已经全消，百感畅快的时候，孩子们似乎已经充溢着生的欢喜，非发泄不可了。最初是三岁的孩子的音乐的表现，他满足之余，笑嘻嘻摇摆着身子，口中一面嚼西瓜，一面发出一种像花猫偷食时候的"ngam ngam"的声音来。这音乐的表现立刻唤起了五岁的瞻瞻的共鸣，他接着发表他的诗："瞻瞻吃西瓜，宝姐姐吃西瓜，软软吃西瓜，阿韦吃西瓜。"这诗的表现又立刻引起了七岁与九岁的孩子的散文的、数学的兴味：他们立刻把瞻瞻的诗句的意义归纳起来，报告其结果："四个人吃四块西瓜。"

于是我就做了评判者，在自己心中批判他们的作品。我觉得三岁的阿伟的音乐的表现最为深刻而完全，最能全般表出他的欢喜的感情。五岁的瞻瞻把这欢喜的感情翻译为（他的）诗，已打了一个折扣；然尚带着节奏与旋律的分子，犹有活跃的生命流露着。至于软软与阿宝的散文的、数学的、概念的表现，比较起来更肤浅一层。然而看他们的态度，全部精神投入在吃西瓜的一事中，其明慧的心眼，比大人们所见的完全得多。天地间最健全的心眼，只是孩子们的所有物，世间事物的真相，只有孩子们能最明确、最完全地见到。我比起他们来，真的心眼已经被世智尘劳所蒙蔽，所斫丧，是一个可怜的残废者了。我实在不敢受他们"父亲"的称呼，倘然"父亲"是尊崇的。

我在平屋的南窗下暂设一张小桌子，上面按照一定的秩序而布置着稿纸、信笺、笔砚、墨水瓶、糨糊瓶、时表和茶盘等，不喜欢别人来任意移动，这是我独居时的惯癖。我——我们大人——平常的举止，总是谨慎，细心，端详，斯文。例如磨墨，放笔，倒茶等，都小心从事，故桌上的布置每日依然，不致破坏或扰乱。因为我的手足的筋觉已经由于屡受物理的教训而深深地养成一种谨惕的惯性了。然而孩子们一爬到我的案上，就捣乱我的秩序，破坏我的桌上的构图，毁损我的器物。他们拿起自来水笔来一挥，洒了一桌子又一衣襟的墨水点；又把笔尖蘸在糨糊瓶里。他们用劲拔开毛笔的铜笔套，手背撞翻茶壶，壶盖打碎在地板上……这在当时实在使我不耐烦，我不免哼喝他们，夺脱他们手里的东西，甚至批他们的小颊。然而我立刻后悔：哼喝之后立刻继之以笑，夺了之后立刻加倍奉还，批颊的手在中途软却，终于变批为抚。因为我立刻自悟其非：我要求孩子们的举止同我自己一样，何其乖谬！我——我们大人——的举止谨惕，是为了身体手足的筋觉已经受了种种现实的压迫而痉挛了的缘故。孩子们尚保有天赋的健全的身手与真朴活跃的元气，岂像我们的穷屈？揖让、进退、规行、矩步等大人们的礼貌，犹如刑具，都是戕贼这天赋的健全的身手的。于是活跃的人逐渐变成了手足麻痹、半身不遂的残废者。残废者要求健全者的举止同他自己一样，何其乖谬！

儿女对我的关系如何？我不曾预备到这世间来做父亲，故心中常是疑惑不明，又觉得非常奇怪。我与他们（现在）完全是异世界的人，他们比我聪明、健全得多；然而他们又是我所生的儿女。这是何等奇妙的关系！世人以膝下有儿女为幸福，希望以儿女永续其自我，我实在不解他们的心理。我以为世间人与人的关系，最自然最合理的莫如朋友。君臣、父子、昆弟、夫妇之情，在十分自然合理的时候都不外乎是一种广义的友谊。所以朋友之情，实在是一切人情的基础。"朋，同类也。"并育于大地上的人，都是同类的朋友，共为大自然的儿女。世间的人，忘却了他们的大父母，而只知有小父母，以为父母能生儿女，儿女为父母所生，故儿女可以永续父母的自我，而使之永存。于是无子者叹天道之无知，子不肖者自伤其天命，而狂进杯中之物，其实天道有何厚薄于其齐生并育的儿女！我真不解他们的心理。

近来我的心为四事所占据了：天上的神明与星辰，人间的艺术与儿童，这小燕子似的一群儿女，是在人世间与我因缘最深的儿童，他们在我心中占有与神明、星辰、艺术同等的地位。

戊辰（1928）年韦驮圣诞作于石湾

名师赏析

　　作者在文中多次将儿童世界的纯粹本真与成人世界的虚伪拘束进行对比，认为"天地间最健全的心眼，只是孩子们的所有物"。而成人却因世故尘劳、规矩压迫而只剩"乖谬""谨惕""穷屈"，成人是"残废者"，而儿童是"健全者"。这与佛家所说的人生来就"自性具足圆满"一脉相承，故而，作者真诚地尊重甚至崇拜儿童，并谦逊地表示：父母与儿女的关系应为朋友，而非自我的永续。

　　父母并非天生就是父母，儿女却天生就是儿女，父母因有了儿女才是父母，因此需从儿女身上学习如何做父母。本文对于"儿女"的高度赞美，也让成人们重新思考起"向儿童学习"的问题。

作父亲

楼窗下的弄里远地传来一片声音:"咿哟,咿哟……"渐近渐响起来。

一个孩子从算草簿中抬起头来,张大眼睛倾听一会,"小鸡!小鸡!"叫了起来。四个孩子同时放弃手中的笔,飞奔下楼,好像路上的一群麻雀听见了行人的脚步声而飞去一般。

我刚才扶起他们所带倒的凳子,拾起桌子上滚下去的铅笔,听见大门口一片呐喊:"买小鸡!买小鸡!"其中又混着哭声。连忙下楼一看,原来元草因为落伍而狂奔,在庭中跌了一跤,跌痛了膝盖骨不能再跑,恐怕小鸡被哥哥、姐姐们买完了轮不着他,所以激烈地哭着。我扶了他走出大门口,看见一群孩子正向一个挑着一担"咿哟,咿哟"的人招呼,欢迎他走近来。元草立刻离开我,上前去加入团体,且跳且喊:"买小鸡!买小鸡!"泪珠跟了他的一跳一跳而从脸上滴到地上。

孩子们见我出来,大家回转身来包围了我。"买小鸡!买小鸡!"的喊声由命令的语气变成了请愿的语气,喊得比之前更响了。他们仿佛想把这些音蓄入我的身体中,希望它们由我的口上开出来。独有元草直接拉住了担子的绳而狂喊。

我全无养小鸡的兴趣;而且想起了以后的种种麻烦,觉得可怕。但乡居寂寥，绝对摒除外来的诱惑而强迫一群孩子在看惯的几间屋子里隐居这一个星期日，似也有些残忍。且让这个"咿哟，咿哟"来打破门庭的岑寂，当作长闲的春昼的一种点缀吧。我就招呼挑担的，叫他把小鸡给我们看看。

他停下担子，揭开前面的一笼。"咿哟，咿哟"的声音忽然放大。但见一个细网的下面，蠕动着无数可爱的小鸡，好像许多活的雪球。五六个孩子蹲集在笼子的四周，一齐倾情地叫着"好来！好来！"一瞬间我的心也屏绝了思虑而没入在这些小动物的姿态的美中，体会了孩子们对于小鸡的热爱的心情。许多小手伸入笼中，竞指一只纯白的小鸡，有的几乎要隔网捉住它。挑担的忙把盖子无情地盖上，许多"咿哟，咿哟"的雪球和一群"好来，好来"的孩子就变成了咫尺天涯。孩子们怅望笼子的盖，依附在我的身边，有的伸手摸我的袋。我就向挑担的人说话：

"小鸡卖几钱一只？"

"一块洋钱四只。"

"这样小的，要卖二角半钱一只？可以便宜些否？"

"便宜勿得，二角半钱最少了。"

他说过，挑起担子就走。大的孩子脉脉含情地目送他，小的孩子拉住了我的衣襟而连叫"要买！要买！"挑担的越走得快，他们喊得越响。我摇手止住孩子们的喊声，再向挑担的问：

"一角半钱一只卖不卖？给你六角钱买四只吧！"

"没有还价！"

他并不停步，但略微旋转头来说了这一句话，就赶紧向前面跑。"咿哟，咿哟"的声音渐渐地远起来了。

元草的喊声就变成哭声。大的孩子锁着眉头不绝地探望挑担者的背影,又注视我的脸色。我用手掩住了元草的口,再向挑担人远远地招呼:

"二角大洋一只,卖了吧!"

"没有还价!"

他说过便昂然地向前进行,悠长地叫出一声"卖——小——鸡——!"其背影便在弄口的转角上消失了。我这里只留着一个嚎啕大哭的孩子。

对门的大嫂子曾经从矮门上探头出来看过小鸡,这时候就拿着针线走出来,倚在门上,笑着劝慰哭的孩子,她说:

"不要哭!等一会儿还有担子挑来,我来叫你呢!"她又笑着向我说:

"这个卖小鸡的想做好生意。他看见小孩子哭着要买,越是不肯让价了。昨天坍墙圈里买的一角洋钱一只,比刚才的还大一半呢!"

我同她略谈了几句,硬拉了哭着的孩子回进门来。别的孩子也懒洋洋地跟了进来。我原想为长闲的春昼找些点缀而走出门口来的,不料讨个没趣,扶了一个哭着的孩子而回进来。庭中柳树正在骀荡的春光中摇曳柔条,堂前的燕子正在安稳的新巢上低徊软语。我们这个刁巧的挑担者和痛哭的孩子,在这一片和平美丽的春景中很不调和啊!

关上大门,我一面为元草揩拭眼泪,一面对孩子们说:

"你们大家说'好来,好来','要买,要买',那人就不肯让价了!"

小的孩子听不懂我的话,继续抽噎着;大的孩子听了我的话若有所思。我继续抚慰他们：

"我们等一会再来买吧，隔壁大妈会喊我们的。但你们下次……"

我不说下去了。因为下面的话是"看见好的嘴上不可说好，想要的嘴上不可说要"。倘再进一步，就变成"看见好的嘴上应该说不好，想要的嘴上应该说不要"了。在这一片天真烂漫光明正大的春景中，向哪里容藏这样教导孩子的一个父亲呢？

廿二（1933）年五月二十日

名师赏析

　　一边是孩子们对小鸡毫不掩饰的喜爱和渴望买下的急切，一边是卖鸡小贩故意要走、毫不让价的精明狡猾，还有一边则是父亲讨价还价、欲买不成的无奈自责。三方博弈，同时也就给作者带来了进退两难：作为父亲，是教孩子按照内心所想表达真实意愿呢，还是按照世俗规则"看见好的嘴上不可说好，想要的嘴上不可说要"？是保有孩子的天真烂漫，还是让世俗污染他们纯洁的心灵？相信这是所有父母都曾面对的抉择。

　　作者在文中没有给出明确答案，却把问题抛出供读者思考，无形之中隐含着对成人世界阴险狡诈的批判，以及对儿童世界纯真无邪的赞美。当然，面对成人世界无可阻挡的世俗污染，作父亲的无法改变，也杂有一丝惭愧与自责。

送阿宝出黄金时代

阿宝,我和你在世间相聚,至今已十四年了,在这五千多天内,我们差不多天天在一处,难得有分别的日子。我看着你呱呱坠地,嘤嘤学语,看你由吃奶改为吃饭,由匍匐学成跨步。你的变态微微地逐渐地展进,没有痕迹,使我全然不知不觉,以为你始终是我家的一个孩子,始终是我们这家庭里的一种点缀,始终可做我和你母亲的生活的慰安者。然而近年来,你态度行为的变化,渐渐证明其不然。你已在我们的不知不觉之间长成了一个少女,快将变为成人了。古人谓"父母之年不可不知也,一则以喜,一则以惧"。我现在反行了古人的话,在送你出黄金时代的时候,也觉得悲喜交集。

所喜者,近年来你的态度行为的变化,都是你将由孩子变成成人的表示。我的辛苦和你母亲的劬劳似乎有了成绩,私心庆慰;所悲者,你的黄金时代快要度尽,现实渐渐暴露,你将停止你的美丽的梦,而开始生活的奋斗了,我们仿佛丧失了一个从小依傍在身边的孩子,而另得了一个新交的知友。"乐莫乐于新相知";然而旧日天真烂漫的阿宝,从此永远不得再见了!

记得去春有一天,我拉了你的手在路上走。落花的风把一阵柳絮吹在你的头发上，脸孔上，和嘴唇上，使你好像冒了雪，生了白胡须。我笑着搂住了你的肩，用手帕为你拂拭。你也笑着，仰起了头依在我的身旁。这在我们原是极寻常的事：以前每天你吃过饭，是我同你洗脸的。然而路上的人向我们注视，对我们窃笑，其意思仿佛在说："这样大的姑娘儿，还在路上教父亲搂住了拭脸孔！"我忽然看见你的身体似乎高大了，完全发育了，已由中性似的孩子变成十足的女性了。我忽然觉得，我与你之间似乎筑起一堵很高，很坚，很厚的无影的墙。你在我的怀抱中长起来，在我的提携中大起来；但从今以后，我和你将永远分居于两个世界了。一刹那间我心中感到深痛的悲哀。我怪怨你何不永远做一个孩子而定要长大起来，我怪怨人类中何必有男女之分。然而怪怨之后立刻破悲为笑，恍悟这不是当然的事，可喜的事吗？

记得有一天，我从上海回来。你们兄弟姊妹照例拥在我身旁，等候我从提箱中取出"好东西"来分。我欣然地取出一束巧格力来，分给你们每人一包。你的弟妹们到手了这五色金银的巧格力，照例欢喜得大闹一场，雀跃地拿去尝新了。你受持了这赠品也表示欢喜，跟着弟妹们去了。然而过了几天，我偶然在楼窗中望下来，看见花台旁边，你拿着一包新开的巧格力，正在分给弟妹三人。他们各自争多嫌少，你忙着为他们均分。在一块缺角的巧格力上添了一张五色金银的包纸派给小妹妹了，方才三面公平。他们欢喜地吃糖了，你也欢喜地看他们吃。这使我觉得惊奇。吃巧格力，向来是我家儿童们的一大乐事。因为乡村里只有箬叶包的糖塌饼，草纸包的状元糕，没有这种五色金银的糖果；只有甜煞的粽子糖，咸煞的盐青果，没有这种异香异味的糖果。所以我每次到上海,一定要买些回来分给儿童,借添家庭的乐趣。儿童们切望我回家的目的,大半就在这"好东西"上。你向来也是这"好东西"的切望者之一人。你曾经和弟妹们赌赛谁是最后吃完;你曾经把五色金银的锡纸积受起来制成华丽的手工品,使弟妹们艳羡。这回你怎么一想,肯把自己的一包藏起来,如数分给弟妹们吃呢?我看你为他们分均匀了之后表示非常的欢喜,同从前赌得了最后吃完时一样,不觉倚在楼上独笑起来。因为我忆起了你小时候的事:十来年之前,你是我家里的一个捣乱分子,每天为了要求的不满足而哭几场,挨母亲打几顿。你吃蛋只要吃蛋黄,不要吃蛋白,母亲偶然夹一筷蛋白在你的饭碗里,你便把饭粒和蛋白乱拨在桌子上,同时大喊"要黄!要黄!"你以为凡物较好者就叫作"黄"。所以有一次你要小椅子玩耍,母亲搬一个小凳子给你,你也大喊"要黄!要黄!"你要长竹竿玩,母亲拿一根"史的克(stick,小棍子)"给你,你也大喊"要黄!要黄!"你看不起那时候还只一二岁而不会活动的软软。吃东西时,把不好吃的东西留着给软软吃;讲故事时,把不幸的角色派给软软当。向母亲有所要求而不得允许的时候,你就高声地问:"当错软软吗?当错软软吗?"你的意思以为:软软这个人要不得,其要求可以不允许;而阿宝是一个重要不过的人,其要求岂有不允许之理?今所以不允许者,大概是当错了软软的原故。所以每次高声地提醒你母亲,务要她证明阿宝正身,允许一切要求而后已。这个一味"要黄"而专门欺侮弱小的捣乱分子,今天在那里牺牲自己的幸福来增殖弟妹们的幸福,使我看了觉得可笑,又觉得可悲。你往日的一切雄心和梦想已经宣告失败，开始在遏制自己的要求，忍耐自己的欲望，而谋他人的幸福了；你已将走出惟我独尊的黄金时代，开始在尝人类之爱的辛味了。

记得去年有一天，我为了必要的事，将离家远行。在以前，每逢我出门了，你们一定不高兴，要阻住我，或者约我早归。在更早的以前，我出门须得瞒过你们。你弟弟后来寻我不着，须得哭几场。我回来了，倘预知时期，你们常到门口或半路上来迎候。我所描的那幅题曰《爸爸还不来》的画，便是以你和你的弟弟的等我归家为题材的。因为我在过去的十来年中，以你们为我的生活慰安者，天天晚上和你们谈故事，作游戏，吃东西，使你们都觉得家庭生活的温暖，少不来一个爸爸，所以不肯放我离家。去年这一天我要出门了，你的弟妹们照旧为我惜别，约我早归。我以为你也如此，正在约你何时回家和买些什么东西来，不意你却劝我早去，又劝我迟归，说你有种种玩意可以骗住弟妹们的阻止和盼待。原来你已在我和你母亲谈话中闻知了我此行有早去迟归的必要，决意为我分担生活的辛苦了。我此行感觉轻快，但又感觉悲哀。因为我家将少却了一个黄金时代的幸福儿。

以上原都是过去的事，但是常常切在我的心头，使我不能忘却。现在，你已做中学生，不久就要完全脱离黄金时代而走向成人的世间去了。我觉得你此行比出嫁更重大。古人送女儿出嫁诗云："幼为长所育，两别泣不休。对此结中肠，义往难复留。"你出黄金时代的"义往"，实比出嫁更"难复留"，我对此安得不"结中肠"？所以现在追述我的所感，写这篇文章来送你。你此后的去处，就是我这册画集里所描写的世间。我对于你此行很不放心。因为这好比把你从慈爱的父母身旁遣嫁到恶姑的家里去，正如前诗中说："自小闺内训，事姑贻我忧。"事姑取甚样的态度，我难于代你决定。但希望你努力自爱，勿贻我忧而已。

约十年前，我曾作一册描写你们的黄金时代的画集（《子恺画集》）。其序文（《给我的孩子们》）中曾经有这样的话："我的孩子们！我憧憬于你们的生活，每天不止一次！我想委曲地说出来，使你们自己晓得。可惜到你们懂得我的话的时候，你们将不复是可以使我憧憬的人了。这是何等可悲哀的事啊！""但是你们的黄金时代有限，现实终于要暴露的。这是我经验过来的情形，也是大人们谁也经验过来的情形。我眼看见儿时的伴侣中的英雄、好汉，一个个退缩、顺从、妥协、屈服起来，到像绵羊的地步。我自己也是如此。'后之视今，亦犹今之视昔'，你们不久也要走这条路呢！"写这些话时的情景还历历在目，而现在你果然已经"懂得我的话"了！果然也要"走这条路"了！无常迅速，念此又安得不结中肠啊！

廿三（1934）年岁暮，选辑近作漫画，定名为《人间相》，付开明出版。选辑既竟，取十年前所刊《子恺画集》比较之，自觉画趣大异。读序文，不觉心情大异。遂写此篇，以为《人间相》辑后感。

名师赏析

儿童时代是整个人生的黄金时代,无忧无虑,纯洁明净,而走出黄金时代则意味着"遏制自己的要求,忍耐自己的欲望,而谋他人的幸福",从此再也见不到那个天真烂漫的孩子。

在文中,作者满怀惆怅地回忆起阿宝在童年时期的种种调皮捣蛋,点点滴滴,一派天真;进而回忆起她的渐渐成长和开始懂事,学会分享、学会照顾弟妹、学会为父母分担,明明是值得欣喜的好事,作者却因女儿"走出唯我独尊的黄金时代,开始在尝人类之爱的辛味"而伤感。字里行间,全然是一个老父亲爱女心切的真情流露。

黄金时代有限,现实终要暴露。这是每个人都要经历的阶段,纵然不舍也只能无奈接受。作者这一腔悲喜,无不代表着天下父母心。

南颖访问记

南颖是我的长男华瞻的女儿。七月初有一天晚上，华瞻从江湾的小家庭来电话，说保姆突然走了，他和志蓉两人都忙于教课，早出晚归，这个刚满一岁的婴孩无人照顾，当夜要送到这里来交祖父母暂管，我们当然欢迎。深黄昏，一辆小汽车载了南颖和她父母到达我家，住在三楼上。华瞻和志蓉有时晚上回来伴她宿；有时为上早课，就宿在江湾，这里由我家的保姆英娥伴她睡。

第二天早上，我看见英娥抱着这婴孩，教她叫声公公。但她只是对我看看，毫无表情。我也毫不注意，因为她不会讲话，不会走路，也不哭，家里仿佛新买了一个大洋囡囡，并不觉得添了人口。

大约默默地过了两个月，我在楼上工作，渐渐听见南颖的哭声和学语声了。她最初会说的一句话是"阿姨"。这是对英娥有所要求时叫出的。但是后来发音渐加变化："阿呀"，"阿咦"，"阿也"。这就变成了欲望不满足时的抗议声。譬如她指着扶梯要上楼，或者指着门要到街上去，而大人不肯抱她上来或出去，她就大喊"阿呀！阿呀！"语气中仿佛表示："阿呀！这一点要求也不答应我！"

第二句会说的话是"公公"。然而也许是"咯咯",就是鸡。因为阿姨常常抱她到外面去看邻家的鸡,她已经学会"咯咯"这句话。后来教她叫"公公",她不会发鼻音,也叫"咯咯";大人们主观地认为她是叫"公公",欢欣地宣传:"南颖会叫公公了!"我也主观地高兴,每次看见了,一定抱抱她,体验着古人"含饴弄孙"之趣。然而我知道南颖心里一定感到诧异:"一只鸡和一个出胡须的老人,都叫做'咯咯',人的语言真奇怪!"

此后她的语汇逐渐丰富起来:看见祖母会叫"阿婆";看见鸭会叫"Ga-Ga";看见挤乳的马会叫"马马";要求上楼时会叫"尤尤"(楼楼);要求出外时会叫"外外";看见邻家的女孩子会叫"几几"(姊姊)。从此我逐渐亲近她,常常把她放在膝上,用废纸画她所见过的各种东西给她看,或者在画册上教她认识各种东西。她对平面形象相当敏感:如果一幅大画里藏着一只鸡或一只鸭,她会找出来,叫"咯咯""Ga-Ga"。她要求很多,意见很多;然而发声器官尚未发达,无法表达她的思想,只能用"嗯,嗯,嗯,嗯"或哭来代替言语。有一次她指着我案上的文具连叫"嗯,嗯,嗯,嗯"。我知道她是要那支花铅笔,就对她说:"要笔,是不是?"她不嗯了,表示是。我就把花铅笔拿给她,同时教她:"说'笔'!"她的嘴唇动动,笑笑,仿佛在说:"我原想说'笔',可是我的嘴巴不听话呀!"

在这期间,南颖会自己走路了。起初扶着凳子或墙壁,后来完全独步了;同时要求越多,意见越多了。她欣赏我的手杖,称它为"都都"。因为她看见我常常拿着手杖上车子去开会,而车子叫"都都",因此手杖也就叫"都都"。她要求我左手抱了她，右手拿着拐杖走路。更进一步，要求我这样地上街去买花。这种事我不胜任，照理应该拒绝。然而我这时候自己已经化作了小孩，觉得这确有意思，就鼓足干劲，一手抱着孩子，一手拿着拐杖，走出里门，在人行道上慢慢地踱步。有一个路人向我注视了一会，笑问："老伯伯，你抱得动么？"我这才觉悟了我的姿态的奇特：凡拿手杖，总是无力担负自己的身体，所以叫手杖扶助的；可是现在我左手里却抱着一个十五六个月的小孩！这矛盾岂不可笑？

她寄居我家一共五个多月。前两个多月像洋囡囡一般无声无息；可是后三个多月她的智力迅速发达，眼见得由洋囡囡变成了一个人，一个全新的人。一切生活在她都是初次经验，一切人事在她都觉得新奇。记得《西青散记》的序言中说："予初生时，怖夫天之乍明乍暗，家人曰：昼夜也。怪夫人之乍有乍无，家人曰：生死也。"南颖此时的观感正是如此。在六十多年前，我也曾有过这种观感。然而六十多年的世智尘劳早已把它磨灭殆尽，现在只剩得依稀仿佛的痕迹了。由于接近南颖，我获得了重温远昔旧梦的机会，瞥见了我的人生本来面目。有时我屏绝思虑，注视着她那天真烂漫的脸，心情就会迅速地退回到六十多年前的儿时，尝到人生的本来滋味。这是最深切的一种幸福，现在只有南颖能够给我。三个多月以来我一直照管她，她也最亲近我。虽然为她相当劳瘁，但是她给我的幸福足可以抵偿。她往往不讲情理，恣意要求。例如当我正在吃饭的时候定要我抱她到"尤尤"去；深夜醒来的时候放声大哭，要求到"外外"去。然而越是恣意，越是天真，越是明显地衬托出世间大人们的虚矫，越是使我感动。所以华瞻在江湾找到了更宽敞的房屋，请到了保姆，要接她回去的时候，我心中发生了一种矛盾：在理智上乐愿她回到父母的新居，但在感情上却深深地对她惜别，从此家里没有了生气蓬勃的南颖，只得像杜甫所说："寂寞养残生"了。那一天他们准备十点钟动身，我在九点半钟就悄悄地拿了我的"都都"，出门去了。

我十一点钟回家，家人已经把壁上所有为南颖作的画揭去，把所有的玩具收藏好，免得我见物怀人。其实不必如此，因为这毕竟是"欢乐的别离"；况且江湾离此只有一小时的旅程，今后可以时常来往。不过她去后，我闲时总要想念她。并不是想她回来，却是想她做何感想。十七八个月的小孩，不知道世间有"家庭""迁居""往来"等事。她在这里由洋囡囡变成人，在这里开始有知识；对这里的人物、房屋、家具、环境已经熟悉。她的心中已经肯定这里是她的家了。忽然大人们用车子把她载到另一个地方，这地方除了过去晚上有时看到的父母之外，保姆、房屋、家具、环境都是陌生的。"一向熟悉的公公、阿婆、阿姨哪里去了？一向熟悉的那间屋子哪里去了？一向熟悉的门巷和街道哪里去了？这些人物和环境是否永远没有了？"她的小头脑里一定发生这些疑问，然而无人能替她解答。

我想用事实来替她证明我们的存在，在她迁去后一星期，到江湾去访问她。坐了一小时的汽车，来到她家门前。一间精小的东洋式住宅门口，新保姆抱着她在迎接我。南颖向我凝视片刻，就要我抱，看看我手里的"都都"。然而目光呆滞，脸无笑容，很久默默不语，显然表示惊奇和怀疑。我推测她的小心里正在想："原来这个人还在。怎么在这里出现？那间屋子存在不存在？阿婆、阿姨和'几几'存在不存在？"我要引起她回忆，故意对她说："尤尤，公公，都都，外外，买花花。"她的目光更加呆滞了，表情更加严肃了，默默无言了很久。我想这时候她的小心境中大概显出两种情景。其一是：走上楼梯，书桌上有她所见惯的画册、笔砚、烟灰缸、茶杯；抽斗里有她所玩惯的显微镜、颜料瓶、图章、打火机；四周有特地为她画的小图画。其二是：电车道旁边的一家鲜花店、一个满面笑容的卖花人和红红绿绿的许多花；她的小手手拿了其中的几朵，由公公抱回家里，插在茶几上的花瓶里。但不知道这时候她心中除了惊疑之外，是喜是悲，是怒是慕。

我在她家逗留了大半天，乘她沉沉欲睡的时候悄悄地离去。她照旧依恋我，这依恋一方面使我高兴，另一方面又使我惆怅：她从热闹的都市里被带到这幽静的郊区，笼闭在这沉寂的精舍里，已经一个星期，可能尘心渐定。今天我去看她，这昙花一现，会不会促使她怀旧而增长她的疑窦？我希望不久迎她到这里来住几天，再用事实来给她证明她的旧居的存在。

名师赏析

含饴弄孙的天伦之乐，往往多从祖辈的角度来展现其乐，却很少从孙辈的角度去展现另外的情感。本文别出心裁，以一岁多的外孙女暂住家中数月的经历，从儿童的眼光和心理去看待周遭世界、体察儿童的内心世界，字里行间传达出率真天然的赤子情怀。

　　作者以细致入微的笔法描述了自己与外孙女南颖的点滴相处，从孩子的牙牙学语、蹒跚学步到她作为一个全新的人开蒙启智、再到她最终回到自己新家，儿童的口吻、儿童的诉求、儿童的困惑、儿童的神情动作展现得无比真实。作者在成人和儿童的角色之间自由切换，真正把自己当作儿童来看，不断转换视角和思维来深入体察儿童，淋漓尽致地展现了儿童内心世界的丰富、纯洁和童真的可贵。

　　儿童身上的恣意天真是人生的本然状态，不虚伪不藻饰，一派天然。作者从南颖身上再次看到人生的本来面目。

阿 庆

我的故乡石门湾虽然是一个人口不满一万的小镇，但是附近村落甚多，每日上午，农民出街做买卖，非常热闹，两条大街上肩摩踵接，推一步走一步，真是一个商贾辐辏的市场。我家住在后河，是农民出入的大道之一。多数农民都是乘航船来的，只有卖柴的人，不便乘船，挑着一担柴步行入市。

卖柴，要称斤两，要找买主。农民自己不带秤，又不熟悉哪家要买柴。于是必须有一个"柴主人"。他肩上扛着一杆大秤，给每担柴称好分量，然后介绍他去卖给哪一家。柴主人熟悉情况，知道哪家要硬柴，哪家要软柴，分配各得其所。卖得的钱，农民九五扣到手，其余百分之五是柴主人的佣钱。农民情愿九五扣到手，因为方便得多，他得了钱，就好扛着空扁担入市去买物或喝酒了。

我家一带的柴主人，名叫阿庆。此人姓什么，一向不传，人都叫他阿庆。阿庆是一个独身汉，住在大井头的一间小屋里，上午忙着称柴，所得佣钱，足够一人衣食，下午空下来，就拉胡琴。他不喝酒，不吸烟，唯一的嗜好是拉胡琴。他拉胡琴手法纯熟，各种京戏他都会拉。当时留声机还不普遍流行，就有一种人背一架有喇叭的留声机来卖唱，听一出戏，收几个钱。

商店里的人下午空闲，出几个钱买些精神享乐，都不吝惜。这是不能独享的，许多人旁听，在出钱的人并无损失。阿庆便是旁听者之一。但他的旁听，不仅是享乐，竟是学习。他听了几遍之后，就会在胡琴上拉出来。足见他在音乐方面，天赋独厚。

夏天晚上，许多人坐在河沿上乘凉。皓月当空，万籁无声。阿庆就在此时大显身手。琴声婉转悠扬，引人入胜。浔阳江头的琵琶，恐怕不及阿庆的胡琴。因为琵琶是弹弦乐器，胡琴是摩擦弦乐器。摩擦弦乐器接近于肉声，容易动人。钢琴不及小提琴好听，就是为此。中国的胡琴，构造比小提琴简单得多。但阿庆演奏起来，效果不亚于小提琴，这完全是心灵手巧之故。有一个青年羡慕阿庆的演奏，请他教授。阿庆只能把内外两弦上的字眼——上尺工凡六五乙仩——教给他。此人按字眼拉奏乐曲，生硬乖异，不成腔调。他怪怨胡琴不好，拿阿庆的胡琴来拉奏，依旧不成腔调，只得废然而罢。记得西洋音乐史上有一段插话：有一个非常高明的小提琴家，在一只皮鞋底上装四根弦线，照样会奏出美妙的音乐。阿庆的胡琴并非特制，他的心手是特制的。

笔者曰：阿庆孑然一身，无家庭之乐。他的生活乐趣完全寄托在胡琴上。可见音乐感人至深，又可见精神生活有时可以代替物质生活。感悟佛法而出家为僧者，亦犹是也。

名师赏析

"阿庆"是镇上的独身汉，以为人分柴为生，不抽烟，不喝酒，偏偏还心灵手巧又善于学习，唯一嗜好就是拉胡琴，"在音乐方面天赋独厚"，引得众人羡慕。

他在物质生活上的贫乏与精神生活上的富足，形成了极大的反差。关注生活本身、探究人生价值，阿庆的生活态度与作者向来坚持的人生追求有相通之处。作者在平淡自然的文字之下，在对阿庆的描写中，融入了自己对于生活和生命本质意义的体悟，流露出对生活的达观态度和对精神崇高的不懈追求。

穷小孩的跷跷板

有一个人写一封匿名信给我，信壳上左面但写"寄自上海法租界"。信上说："近来在《自由谈》上，几乎每天能见到你的插画。（中略）前数天偶然看见几个穷小孩在玩。他们的玩法，我意颇能作你的画稿的材料。而且很合你向来的作风。现在特地贡献给你，以备采纳。此祝康健。一个敬佩你的读者上。七，十一。"后面又附注："小孩的玩法——先把一条长凳放置地上。再拿一条长凳横跨在上面。这样二个小孩坐在上面一张长凳的两端，仿跷跷板的玩法，一高一低地玩着。"

这是一封"无目的"的无头信。推想这发信人是纯为画的感兴所迫而写这封信给我的。在扰扰攘攘的今世，这也可谓一件小小的异闻。

我闭了眼睛一看，觉得这匿名的通信者所发见的，确是我所爱取的画材，便乘兴背摹了一幅。这两个穷小孩凭了他们的小心的智巧，利用了这现成的材料，造成了这具体而微的运动具。在贫民窟的环境中，这可说是一种十分优异的游戏设备了。我想象这两个穷小孩各据板凳的一端而一高一低地交互上下的时候，脸上一定充满了欢笑。因为他们是无知的幼儿，不曾梦见世间各处运动场里专为儿童置办的种种优良的幸福的设备,对于这简陋的游戏已是十分满足了。这种游戏的简陋,和这两个小孩的穷苦,只有我们旁人感到,他们自己是不知道的。

因此我想到了世间的小孩苦。在这社会里,穷的大人固然苦,穷的小孩更苦!穷的大人苦了,自己能知道其苦,因而能设法免除其苦。穷的小孩苦了,自己还不知道,一味茫茫然地追求生的欢喜,这才是天下至惨!

闻到隔壁人家饭香,攀住了自家的冷灶头而哭着向娘要白米饭吃。看见邻家的孩子吃火肉粽子,丢掉了自己手里的硬蚕豆而嚷着:"也要!"老子落脱了饭碗头回家,孩子抱住了他带回来的铺盖而喊:"爸爸买好东西来了!"老棉絮被头上了当铺,孩子抱住了床里新添的稻柴束当洋囡囡玩。讨饭婆背上的孩子捧着他娘的髻子当皮球玩;向着怒骂的不布施者嘤嘤地笑语。——我们看到了这种苦况而发生同情的时候,最感触目伤心的不是穷的大人的苦,而是穷的小孩的苦;大人的苦自己知道,同情者只要分担其半;小孩的苦则自己不知道,全部要归同情者担负。那攀住自己的冷灶头而向娘要白米饭吃的孩子,以为锅子里总应有饭,完全没有知道他老子种出来的米,还粮纳租早已用完,轮不着自己吃了。那丢掉了硬蚕豆而嚷着也要火肉粽子的孩子,只知道火肉粽子比硬蚕豆好吃;他有得吃,我也要吃;全不知道他娘做女工赚来的钱买米还不够。那抱住了老子的铺盖而喊"爸爸买好东西来了"的孩子,只知道爸爸回家总应该有好东西带来;全不知道社会已把他们全家的根一刀宰断,不久他将变成一张小枯叶了。那抱住了代棉被用的稻草柴当洋囡囡玩的孩子,只觉今晚眠床里变得花样特别新鲜,全不想到这变化的悲哀的原因和苦痛的结果。讨饭婆子背上的孩子也只是任天而动地玩耍嬉笑；全不知道他自己的生命托根在这社会所不容纳的乞丐身上，而正在受人摒斥。看到这种受苦而不知苦的穷的小孩，真是难以为情！这好比看见初离襁褓的孩子牵住了尸床上的母亲的寿衣而喊"要吃甜奶"，我们的同情之泪，为死者所流者少，而为生者所流者多。八指头陀咏小孩诗云："骂之惟解笑，打亦不生嗔。"目前的穷人，多数好比在无辜地受骂挨打：大人们知道被骂被打的苦痛，还能呻吟，叫喊，挣扎，抵抗；小孩们却全不知道，只解嬉笑，绝不生嗔。这不是世间最凄惨的状态吗？

比较起上述的种种现状来，我们这匿名的通信者所发见的穷小孩的游戏，还算是幸福的。他们虽然没有福气入学校，但幸而不须跟娘去捡煤屑，不须跟爷去捉狗屎[①]，还有游戏的余暇。他们虽然不得享用运动场上为小孩们特制的跷跷板，但幸而还有这两只板凳，无条件地供他们当作运动具的材料。

只恐怕日子过下去，不久他的爷娘要拿两条板凳去换米吃，要带这两个孩子去捡煤屑，捉狗屎了。到那时，我这位匿名的通信者所发见，和我的所画，便成了这两个穷小孩的黄金时代的梦影。

廿三（1934）年七月十四日

[①] 捉狗屎，作者家乡话，意即捡狗屎（做肥料）。

名师赏析

　　作者写过很多赞美儿童天真可爱的散文，但本文比较特别。本文谈论的是穷小孩的苦，而这份苦正是因为孩子的不谙世事、天真茫然而愈显其苦。

　　文章从读者寄来一绘画题材——穷小孩以两条凳子发明简陋跷跷板说起，从他们乐在其中、全然不知是贫穷所致推演开来，历数社会上穷小孩缺衣少食等种种可怜现象，表达对一切穷苦小孩受苦而不知苦的深切同情和怜悯。

　　世事多艰，世人多苦。倘知其苦、言其苦，就能与旁人分担这苦，就不算太苦。世间最苦，莫过于既受其苦却不知其苦，只能由旁人观之、叹之、为之洒一同情泪。于穷小孩来说，这是幸，也是不幸。

翡翠笛

"南北山头多墓田，清明祭扫各纷然。纸灰化作白蝴蝶，血泪染成红杜鹃。日落狐狸眠冢上，夜归儿女笑灯前。人生有酒须当醉，一点何曾到九泉！"从前姐姐读这首诗，我听得熟了。当时不知道什么意思，跟着姐姐信口唱，只觉得音节很好。今天在扫墓船里，又听见姐姐唱这首诗。我问明白了字句的意味，不觉好笑起来，对姐姐说："这原来是咏清明扫墓的诗，今天唱，很合时宜；但我又觉得不合事理：我们每年清明上坟，不是向来当作一件乐事的么？我家的扫墓竹枝词中，有一首是'双双划桨荡轻波，一路春风笑语和。望见坟前堤岸上，松阴更比去年多'。多么快乐！怎么古人上坟会哭出'血泪'来，直到上好坟回家，还要埋怨儿女在灯前笑呢？末后两句最可笑了：'人生有酒须当醉'，人生难道是为吃酒的？酒醉糊涂，还算什么'人生'？我真不解这首诗的好处。"

爸爸在座，姐姐每逢理论总是不先说的。她看看我，又看看爸爸，仿佛在说："你问爸爸！"爸爸懂得她的意思，自动地插嘴了："中国古代诗人提倡吃酒，确是一种颓废的人生观。像你，现代的少年人，自然不能和他们同情的。但读诗不可过于拘泥事实，这首诗的末两句，也可看作咏叹人生无常，劝人及时努力的。却不可拘泥于酒。欢喜吃酒的说酒,欢喜做事的不妨把醉酒改作做事,例如说'人生有事须当做,一件何曾到九泉!'不很对么?"姐姐和我听了这两句诗,一齐笑起来。

爸爸继续说:"至于扫墓,原本是一件悲哀的事。凭吊死者,回忆永别的骨肉,哪里说得上快乐呢?设想坟上有个新冢,扫墓的不是要哭么?但我们的都是老坟,年年祭扫,如同去拜见祖宗一样,悲哀就化为孝敬,而转成欢乐了。尤其是你们,坟上的祖宗都是不曾见过面的,扫墓就同游春一般。这是人生无上的幸福啊!"我听了这话有些凛然。目前的光景被这凛然所衬托,愈加显得幸福了。

扫墓的船在一片油菜花旁的一棵桃花树下停泊了。爸爸、姆妈、姐姐和我,三大伯、三大妈和他家的四弟、六妹,和工人阿四,大家纷纷上岸。大人们忙着搬桌椅,抬条箱,在坟前设祭。我们忙着看花,攀树,走田塍,折杨柳。他们点上了蜡烛,大声地喊:"来拜揖!来拜揖!"我们才从各方集合拢来,到坟前行礼。墓地邻近有一块空地,上面覆着垂杨,三面围着豆花,底下铺着绿草,如像一只空着的大沙发,正在等我们去坐。我们不约而同地跑进去,席地而坐了。从附近走来参观扫墓的许多村人,站在草地旁看我们。他们的视线集中在姐姐身上。原来姐姐这次春假回家,穿着一身黄色的童子军装,不男不女的,惹人注意。我从衣袋里摸出口琴来吹,更吸引了远处的许多村姑。我又想起了我家的扫墓竹枝词:"壶簋纷陈拜跪忙,闲来坐憩树荫凉。村姑三五来窥看,中有谁家新嫁娘。"所咏的就是目前的光景。

忽然听得背后发出一种声音,好像羊叫,衬着口琴的声音非常触耳。回头看见四弟坐在蚕豆花旁边，正在吹一管绿色的短笛。我收了口琴跑过去看，原来他的笛是用蚕豆梗做的：长约半尺多，上面有三五个孔，可用手指按出无腔的音调来。我忙叫姐姐来看。四弟常跟三大妈住在乡下的外婆家，懂得这些自然的玩意儿。我和姐姐看了都很惊奇而且艳羡，觉得这比我们的口琴更有趣味。我们请教他这笛的制法。才知道这是用豌豆茎和蚕豆茎合制而成的。先拔起一枝蚕豆茎来，去根去梢去叶，只剩方柱形的一段。用指爪在这段上摘出三五个孔，即为笛身。再摘取豌豆茎的梢，约长一寸，把它插入方柱上端的孔中，笛就完成。吹的时候，用齿把豌豆茎咬一下，吹起来笛就发音。用指按笛身上各孔，就会吹出高低不同的种种音来。依照这方法，我和姐姐各自新制一管。吹起来果然都会响。可是各孔所发的音，像是音阶，却又似 do 非 do，似 re 非 re，不能吹奏歌曲。我的好奇心活跃了："姐姐，这些洞的距离，必有一定的尺寸。我们随意乱摘，所以不成音阶。倘使我们知道了这尺寸，我们可以做一管发音正确的'豆梗笛'，用以吹奏种种乐曲，不是很有趣么？"姐姐的好奇心同我一样活跃，说道："不叫做豆梗笛，叫作'翡翠笛'。爸爸一定知道这些孔的尺寸。我们去问他。"

爸爸见了我们的翡翠笛，吃惊地叫道："呀！蚕豆还没有结籽，怎么你们拔了这许多豆梗！农人们辛苦地种着的！"工人阿四从旁插嘴道："不要紧，这蚕豆是我家的，让哥儿们拔些吧。"爸爸说："虽然你们不要他们赔偿，他们应该爱护作物，不论是谁家的！"姐姐擎着她的翡翠笛对爸爸说："我们不再采了。只因这里的音分别高低，但都不正确。不知怎样才能成一音阶，可以吹奏乐曲？"爸爸拿过翡翠笛来吹吹，就坐在草地上，兴味津津地研究起来。他已经被一种兴味所诱，浑忘了刚才所说的话，他的好奇心同我们一样地活跃了。大人们原来也是有孩子们的兴味，不过平时为别种东西所压迫，不容易显露罢了。我的爸爸常常自称"不失童心"，今天的事很可证明他这句话了。

阿四采了一大把蚕豆梗来，说道："这些都是不开花的，拔来给哥儿们做笛吧。反正不拔也不会结豆的。"姐姐接着说："那很好了。不拔反要耗费肥料呢。"爸爸很安心，选一枝豆梗来，插上一个豌豆梗的叶子，然后在豆梗上摘一个洞，审察音的高低，一个一个地添摘出来，终于成了一个具有音阶七音的翡翠笛。居然能够吹个简单的乐曲。我们各选同样粗细的豆梗。依照了他的尺寸，各制一管翡翠笛，果然也都合于音阶，也能吹奏乐曲。我的好奇心愈加活跃了，捉住爸爸，问他："这距离有何定规？"

爸爸说："我也是偶然摘得正确的。不过这偶然并非完全凑巧，也根据着几分乐理。大凡吹动管中空气而发音的乐器，管愈长发音愈低，管愈短发音愈高。笛上开了一个洞，无异把管截断到洞的地方为止。故其洞愈近吹口，发音愈高，其洞愈近下端，发音愈低。箫和笛的制造原理就根据在此。刚才我先把没有洞的豆梗吹一吹，假定它是 do 字。然后任意摘一个洞，吹一下看，恰巧是 re 字。于是保住相当的距离，顺次向吹口方向摘六个洞，就大体合于音阶上的七音了。吹的时候，六个洞全部按住为 do，下端开放一个为 re，开放二个为 mi……尽行开放为 si。这是管乐器制造的原理。我这管可说是原始的管乐器了。弦乐器的制造原理也是如此，不过空管换了弦线。弦线愈长，发音愈低；弦线愈短，发音愈高。口琴、风琴上的簧也是如此：簧愈长，发音愈低；簧愈短，发音愈高。但同时管的大小，弦的粗细，簧的厚薄，也与音的高低有关。愈大，愈粗，愈厚，发音愈低；反之发音愈高。关于这事的精确的乐理，《开明音乐讲义》中'音阶的构成'一章里详说着。我现在所说的不过是其大概罢了。"

"大概"也够用了；我们利用余多的豆梗，照这"大概"制了种种的翡翠笛。其中有两枝，比较的最正确，简直同竹笛一样。扫墓既毕，我们把这两枝翡翠笛放在条箱里，带回家去。晚上拿出来看，笛身已经枯萎了。爸爸见了这枯萎的翡翠笛，感慨地说："这也是人生无常的象征啊！"

名师赏析

翡翠笛，是乡下人用豌豆梗和蚕豆梗做成的简易吹奏乐器。本文借翡翠笛的制作和吹奏，将音乐乐理和人生真意涵盖其中，以深入浅出的笔触描述作者在日常生活中发现的艺术美，于灵巧中见真醇，平淡轻灵的文字中充满生活的盎然情趣。

本文从清明扫墓诗的唱和与自己的疑惑写起，描述了我与爸爸、姐姐、弟弟在清明扫墓的辩论、对扫墓意义的理解以及制作和吹奏翡翠笛等温馨回忆，再现了一家人其乐融融的温馨画面，将晦涩难懂的乐理以翡翠笛为媒介浅浅道来，明白易懂，表达了只要善于发现、生活中处处都是艺术美的由衷赞叹。

铁马与风筝

春分节到了。爸爸的书房搬到楼上。

这是爸爸的习惯：每年春初庭中的柳树梢上有鸟儿开始唱歌了，爸爸的书房便搬到楼上，与寝室合并。直到春尽夏来，天气渐热，柳梢上的鸟儿唱歌疲倦了，他再搬到楼下去。爸爸是爱听鸟儿唱歌的。它们唱得的确好听。尤其是在春天的早晨，我们被它们的歌声从梦中唤醒，感觉非常愉快。因为它们的歌调都是愉快的。有一个春晨，爸爸对我说："你晓得鸟儿的声音像什么？"我说："像唱歌。"他说："不很对。歌有时庄严，有时悲哀，有时雄壮，不一定是愉快的。它们的声音无时不愉快，所以比作唱歌，不完全对。我看这好比'笑'，鸟是会笑的动物，而且一天笑到晚的。倘说像唱歌，它们所唱的都是 game song（游戏歌），或 sweet song（甜歌），一定不是《三民主义吾党所宗》之类的歌。"

今天星期日，早晨我被另一种音乐唤醒。这好像是一种婉转的歌声，合着清脆的乐器伴奏。倾耳静听，今天柳梢上黄莺声特别热闹。这大概是为了今天晨光特别明朗的原故；但也许是为了今天这里另有一种叮叮咚咚的伴奏声的原故。但这叮叮咚咚究竟是什么声音呢？我连忙起身，跟着声音去循。寻到爸爸的房间的楼窗边，看见窗外的檐下挂着一个帽子口大的铁圈，铁圈周围挂着许多钟形的小铜片，春晨的和风吹来，铜片互相碰击，发出清脆的叮叮咚咚，自然地成了莺声的伴奏。

这是爸爸今年的新设备，名叫"铁马"。昨天晚上才挂起来，今天早上我第一次听见它的声音。早饭时我问爸爸："铁马有什么用？"爸爸说："在实用方面讲，这是报风信的。天起风了，铁马咚咚地响起来，我们就知道天起风。"我说："还有在什么方面讲呢？"爸爸说："还有，在趣味方面讲，这是耳朵的一种慰安。我们要知道天起风，倘不讲趣味而专讲实用，只要买一只晴雨表，看看就知道。或者只要在屋上装一只风车，看见它转动了，就知道天起风。但我们希望在'知道'事实以外又'感到'一种情调，即在实用以外又得一种趣味。于是想出'铁马'这东西来，使它在报告起风的时候发出一种清朗的音，以慰藉人的耳朵。所以这铁马好比鸟声，也是一种'自然的音乐'。我们的生活环境中，有许多自然的音乐，不论好坏，都有一种影响及于我们的感情，比形状色彩所及于我们的影响更深。因为声音不易遮隔，随时随地送入人耳。"

这时候，赶早市的种种叫卖声从墙外传到我们的食桌上："卖——芥——菜！""大——饼——油——炸——桧！""火——肉——粽——子！"音调各异，音色不同，每一声给人一种特异的感觉，全体合起来造成了一种我家的早晨的情趣。我听到这种声音，会自然地感到这是早晨。我想这些也是自然的音乐，不过音乐的成分不及莺声或铁马声那么多。我把这意思说出，引起了姆妈的话。

姆妈说："他们叫卖的时候很准确。我常常拿他们的喊声来代替自鸣钟呢。听见'油沸豆腐干'喊过，好烧夜饭了。听见'猪油炒米粉'喊过，好睡觉了。而且喊得也还好听，不使人讨嫌。最使我讨嫌的是杭州的卖盐声：'盐——'像发条一样卷转来，越卷越紧，最后好像卷断了似的。上海的卖夜报也讨嫌，活像喊救火，令人直跳起来。"

爸爸接着说："你们把劳工的叫声当作音乐听赏，太'那个'了！"

姆妈火冒起来，挺起眼睛说道："你自己说出来的！什么'自然的音乐，自然的音乐！'还说我们'那个'？"

爸爸立刻赔笑脸，答道："'那个'我又没有说出！你不必生气。把叫卖声当作自然的音乐，不仅是你。"他改作讲故事的态度，继续说，"日本从前有个名高的文学家——好像是上田敏，我记不正确了——也曾有这样听法。日本东京市内有一种叫卖豆腐的担子，喊的是'托——夫'（即豆腐）两个字。其音调和缓，悠长，而有余音，好像南屏晚钟的音调。每天炊前，东京的小巷里到处有这种声音。善于细嚼生活情味的从前的东洋人，尤其是文学家上田敏，真把此种叫卖声看作黄莺、铁马一类的自然的音乐。有一次，东京的社会上提倡合作，有人提议把原有的豆腐担尽行取消，倡办一个大量生产的豆腐制造所，每天派脚踏车挨户分送豆腐。据提议者预算，豆腐价格可以减低不少。可是反对的人很多，上田敏攻击尤力。他的理由是：这办法除使无数人失业而外，又摧残日本原有的生活情调，伤害大和民族性的优美。他用动人的笔致描写豆腐担的叫卖声所给予东京市内的家庭的美趣。确认此改革为得不偿失。两方争论的结果如何，我不详悉。孰是孰非，也不去说它。总之,我们的环境中所起的声音有很大的影响及于我们的感情和生活,是我所确信的。譬如今天早上,我听了铁马和黄莺的合奏,感到一种和平幸福而生趣蓬勃的青春的气象,心境愉快,一日里做事也起劲得多。早餐也可多吃一碗。"

我对于这些话都有同感。兴之所至,不期地说道:"我今天放起风筝来要加一把鹞琴,让它在空中广播和平的音。"

爸爸表示很赞成。但姆妈说:"当心削开了手指!"

早餐后我去访华明,约他下午同去放风筝,并要他在上午来相帮我制一把鹞琴。他都欣然地同意,陪我出门,先到竹匠店里买两根长约三尺的篾,拿回我家,就在厢房里开始工作。我们把一根篾的篾青削下来,用小刀刮得同图画纸一样薄。然后把另一根篾弯成弓形,把那片篾青当作弓弦,扎成一把弓。华明握住了弓背在空中用力一挥,那篾青片发出"嗡嗡"的声音,鹞琴就成功了。

下午,风和日暖,华明十二点半就来,拿了风筝和鹞琴,立等我盥洗。我草草地洗了脸,把口琴和昨天姐姐从中学里寄来的新歌谱,藏在衣袋里了,匆匆跟他出门。我们走到土地庙后面高堆山上,把风筝放起。待它放高了,收些鹞线下来,把鹞琴缚在离开鹞子数丈的鹞线上,然后尽量地放线。鹞琴立刻响起来,嗡嗡地,殷殷地,在晴空中散播悠扬浩荡的美音,似乎天地一切都在那里同它共鸣了!

把鹞线的根缚在一块断碑上了,我们不消管守。我们两人可倚在碑脚上闲坐。我摸出口琴来,开始练习姐姐寄我的《风筝》歌。这是她新近在中学校里学得的,《开明音乐教本》第二册里的一首歌。她把五线谱翻成了口琴用的简谱寄给我。我按谱吹奏下去，曲儿果然很好听。其轻快和飘逸的趣味，尤其适合目前的情景。口琴的音衬着鹞琴的音，犹似晨间所闻的黄莺声衬着铁马声，我也感到一种和平幸福而生趣蓬勃的青春的气象。

但是吹到最后一句，我停顿了。因为这一句里有一个高半音的 fa 字，我吹遍了口琴的二十一孔，吹不出这个音来。这怎么办呢？回去问了爸爸再练习。现在且换一个纯熟一点的轻快的小曲来点缀这一片春景吧。

名师赏析

铁马即风铃，风筝连着鹞琴，都是利用自然风产生的自然音乐。文章先后描写了父亲搬书房听鸟鸣、挂铁马听风吟的事，进而写各种叫卖声形成的世间音乐，最后写我与朋友制作鹞琴、利用风筝创造音乐，揭示了音乐的存在不唯实用、更在于为生活增添趣味的朴素哲理。

文章语言直白恬淡，以生动形象的例子和生活化口语说理，将抽象的音乐具象化，将高雅的音乐生活化，揭示音乐的内涵，拓展音乐的外延，使音乐与日常生活无比贴近。铁马与风筝，都是人借助于器物触摸自然之音的作品。人从音乐之中感受到的至纯至美，是世界之于人类的互相感应，生活并不仅仅只有衣食奔波，更有精神世界的轻盈充实。

从孩子得到的启示[1]

一

晚上喝了三杯老酒,不想看书,也不想睡觉,捉一个四岁的孩子华瞻来骑在膝上,同他寻开心。我随口问:

"你最喜欢什么事?"

他仰起头一想,率然地回答:

"逃难。"

我倒有点奇怪:"逃难"两字的意义,在他不会懂得,为什么偏偏选择它?倘然懂得,更不应该喜欢了。我就设法探问他:

"你晓得逃难就是什么?"

"就是爸爸、妈妈、宝姐姐、软软……姨娘,大家坐汽车,去看大轮船。"

啊!原来他的"逃难"的观念是这样的!他所见的"逃难",是"逃难"的这一面!这真是最可喜欢的事!

一个月以前,上海还属孙传芳的时代,国民革命军将到上海的消息日紧一日,素不看报的我,这时候也订一份《时事新

---

[1] 本篇原载《小说月报》1927年7月10日第18卷第7号。

报》，每天早晨看一遍。有一天，我正在看昨天的旧报，等候今天的新报的时候，忽然上海方面枪炮声起了，大家惊惶失色，立刻约了邻人，扶老携幼地逃到附近的妇孺救济会里去躲避。其实倘然此地果真进了战线，或到了败兵，妇孺救济会也是不能救济的。不过当时张皇失措，有人提议这办法，大家就假定它为安全地带，逃了进去。才知道那里面地方很大，有花园、假山、小川、亭台、曲栏、长廊、花树、白鸽，孩子们一进去，登临盘桓，快乐得如入新天地了。忽然兵车在墙外轰过，上海方面的机关枪声、炮声，愈响愈近，又愈密了。大家坐定之后，听听，想想，方才觉到这里也不是安全地带，当初不过是自骗罢了。有决断的人先出来雇汽车逃往租界。每走出一批人，留在里面的人增一次恐慌。我们结合邻人来商议，也决定出来雇汽车，逃到杨树浦的沪江大学。于是立刻把小孩子们从假山中、栏杆内捉出来，装进汽车里，飞奔杨树浦了。

所以决定逃到沪江大学者，因为一则有邻人与该校熟识，二则该校是外国人办的学校，较为安全可靠。枪炮声渐远渐弱，到听不见了的时候，我们的汽车已到沪江大学。他们安排一个房间给我们住，又为我们代办膳食。傍晚，我坐在校旁的黄浦江边的青草堤上，怅望云水遥忆故居的时候，许多小孩子采花、卧草，争看无数的帆船、轮船的驶行，又是快乐得如入新天地了。

次日，我同一邻人步行到故居来探听情形的时候，青天白日的旗子已经招展在晨风中，人人面有喜色，似乎从此可庆承平了。我们就雇汽车去迎回避难的眷属，重开我们的窗户，恢复我们的生活。从此"逃难"两字就变成家人的谈话的资料。

这是"逃难"。这是多么惊慌、紧张而忧患的一种经历！然而人物一无损丧，只是一次虚惊；过后回想，这回好似全家的人突发地出门游览两天。我想假如我是预言者，晓得这是虚惊，我在逃难的时候将何等有趣！素来难得全家出游的机会，素来少有坐汽车、游览、参观的机会。那一天不论时，不论钱，浪漫地、豪爽地、痛快地举行这游历，实在是人生难得的快事！只有小孩子果真感得这快味！他们逃难回来以后，常常拿香烟簏子来叠作栏杆、小桥、汽车、轮船、帆船；常常问我关于轮船、帆船的事；墙壁上及门上又常常有有色粉笔画的轮船、帆船、亭子、石桥的壁画出现。可见这"逃难"，在他们脑中有难忘的欢乐的印象。所以今晚我无端地问华瞻最喜欢什么事，他立刻选定这"逃难"。原来他所见的，是"逃难"的这一面。

不止这一端：我们所打算，计较，争夺的洋钱，在他们看来个个是白银的浮雕的胸章，仆仆奔走的行人，血汗涔涔的劳动者，在他们看来个个是无目的地在游戏，在演剧；一切建设，一切现象，在他们看来都是大自然的点缀，装饰。

唉！我今晚受了这孩子的启示了：他能撤去世间事物的因果关系的网，看见事物的本身的真相。他是创造者，能赋给生命一切的事物。他们是"艺术"的国土的主人。唉，我要从他学习！

二

两个小孩子，八岁的阿宝与六岁的软软，把圆凳子翻转，叫三岁的阿韦坐在里面。他们两人同他抬轿子。不知哪一个人失手，轿子翻倒了。阿韦在地板上撞了一个大响头，哭了起来。乳母连忙来抱起。两个轿夫站在旁边呆看。乳母问："是谁不好？"

阿宝说："软软不好。"

软软说："阿宝不好。"

阿宝又说："软软不好，我好！"

软软也说："阿宝不好，我好！"

阿宝哭了，说："我好！"

软软也哭了，说："我好！"

他们的话由"不好"转到了"好"。乳母已在喂乳，见他们哭了，就从旁调解：

"大家好，阿宝也好，软软也好，轿子不好！"

孩子听了，对翻倒在地上的轿子看看，各用手背揩揩自己的眼睛，走开了。

孩子真是愚蒙。直说"我好"，不知谦让。

所以大人要称他们为"童蒙""童昏"，要是大人，一定懂得谦让的方法：心中明明认为自己好而别人不好，口上只是隐隐地或转弯地表示，让众人看，让别人自悟。于是谦虚，聪明，贤惠等美名皆在我了。讲到实在，大人也都是"我好"的。不过他们懂得谦让的一种方法，不像孩子地直说出来罢了。谦让方法之最巧者，是不但不直说自己好，反而故意说自己不好。明明在谆谆地陈理说义，劝谏君王，必称"臣虽下愚"。明明在自陈心得、辩论正义，或惩斥不良、训诫愚顽，表面上总自称"不佞""不慧"或"愚"。习惯之后，"愚"之一字竟通用作第一身称的代名词，凡称"我"处，皆用"愚"。常见自持正义而赤裸裸地骂人的文字函牍中,也称正义的自己为"愚",而称所骂的人为"仁兄"。这种矛盾,在形式上看来是滑稽的;在意义上想来是虚伪的,阴险的。"滑稽""虚伪""阴险",比较大人评孩子的所谓"蒙""昏",丑劣得多了。

对于"自己",原是谁都重视的。自己的要"生",要"好",原是普遍的生命的共通的大欲。今阿宝与软软为阿韦抬轿子,翻倒了轿子,跌痛了阿韦,是谁好谁不好,姑且不论;其表示自己要"好"的手段,是彻底的诚实,纯洁而不虚饰的。

我一向以小孩子为"昏蒙"。今天看了这件事,恍然悟到我们自己的昏蒙了。推想起来,他们常是诚实的,"称心而言"的;而我们呢,难得有一日不犯"言不由衷"的恶德!

唉!我们本来也是同他们那样的,谁造成我们这样呢?

一九二六年作

名师赏析

从孩子身上能得到什么启示?文章以生动形象的语言描绘孩子的天真,记述了三个儿女的两件小事:第一是4岁儿子华瞻最喜欢的竟是"逃难",逃难本是惊慌紧张忧患的经历,在孩子眼中却是新奇快乐的旅行;第二是阿宝和软软抬翻了"轿子",互相争辩自己"好",不知谦让。

作者从这两件平凡小事所体现的"孩子气"中,感悟到孩子能"撇去世间事物因果关系的网,看到事物本身的真相",他们"彻底的诚实,纯洁而不虚饰",以孩子的"昏蒙"反衬成人的虚伪和滑稽。儿童的不染尘埃与真诚表露实令成人汗颜,作者在结尾处发出"谁造成我们这样"的切问,也从更深远的角度提醒人们反思自我、真诚相待,这一点很值得读者深思。

世间相

把日常生活的感兴用"漫画"描写出来——换言之,把日常所见的可惊可喜可悲可哂之相,就用写字的毛笔草草地图写出来——让人拿去印刷了给大家看,这事在我约有了十年的历史,仿佛是一种习惯了。中国人崇尚"不求人知",西洋人也有"What's in your heart let no one know"[①]的话。我正同他们相反,专门画给人家看,自己却从未仔细回顾已发表的自己的画。偶然在别人处看到自己的画册,或者在报纸、杂志中翻到自己的插画,也好比在路旁的商店的样子窗中的大镜子里照见自己的面影,往往一瞥就走,不愿意细看。这是什么心理?很难自知。勉强平心静气观察自己,大概是为了太稔熟,太关切,表面上反而变成疏远了的缘故。中国人见了朋友或相识者都打招呼,表示互相亲爱;但见了自己的妻子,反而板起脸不搭白[②],表示疏远的样子。我的不欢喜仔细回顾自己的画,大约也是出于这种奇妙的心理的吧?

约十年前,我家住在上海。住的地方迁了好几处,但总无非是一楼一底的"弄堂房子",至多添一间过街楼。现在回想起

[①] 即别让人知道你心里的事。

[②] 即搭腔,作者家乡方言。

来，上海这地方真是十分奇妙：看似那么忙乱的，住在那里却非常安闲，家庭这小天地可与忙乱的环境判然地隔离，而安闲地独立。我们住在乡间，邻人总是熟识的，有的比亲戚更亲切；白天门总是开着的，不断地有人进进出出；有了些事总是大家传说的，风俗习惯总是大家共通的。住在上海完全不然。邻人大都不相识，门整日严扃着，别家出什么事与你全不相干。故住在乡间看似安闲，其实非常忙乱；反之，住在上海看似忙乱，其实非常安闲。关了前门，锁了后门，便成一个自由独立的小天地。在这里面由你选取甚样风俗习惯的生活：宁波人尽管度宁波式的生活，广东人尽管度广东式的生活。我们是浙江石门湾人，住在上海也只管说石门湾的土白，吃石门湾式的饭菜，度石门湾式的生活；却与石门湾相去数百里。现在回想，这真是一种奇妙的生活！

除了出门以外，在家里所见的只是这个石门湾式的小天地（以下所谈的，都是我曾经画过的）。有时开出后门去换掉些头发；有时从过街楼上挂下一只篮去买两只粽子；有时从阳台眺望屋瓦间浮出来的纸鸢，知道春已来到上海。但在我们这个小天地中，看不出春的来到。有时几乎天天同样，辨不出今日和昨日。有时连日没有一个客人上门，我妻每天的公事，就是傍晚时光抱了瞻瞻，携了阿宝，到弄堂门口去等我回家。两岁的瞻瞻坐在他母亲的臂上，口里唱着："爸爸还不来！爸爸还不来！"六岁的阿宝拉住了他娘的衣裾，在下面同他和唱。瞻瞻在马路上扰攘往来的人群中认到了带着一摞书和一包食物回家的我，突然欢呼舞蹈起来，几乎使他母亲的手臂撑不住。阿宝陪着他在下面跳舞，也几乎撕破了他母亲的衣裾。他们的母亲笑着喝骂他们。当这时候，我觉得自己立刻化身为二人。其一人做了他们的父亲或丈夫，体验着小别重逢时的家庭团聚之乐；另一个人呢，远远地站了出来，从旁观察这一幕悲欢离合的活剧，看到一种可喜又可悲的世间相。

他们这样地欢迎我进去的，是上述的几与世间绝缘的小天地。这里是孩子们的天下。主宰这天下的，有三个角色，除了瞻瞻和阿宝之外，还有一个是四岁的软软，仿佛罗马的三头政治。日本人有 tototenka（父天下）、kakatenka（母天下）之名，我当时曾模仿他们，戏称我们这家庭为 tsetsetenka（瞻瞻天下）。因为瞻瞻在这三人之中势力最盛，好比罗马三头政治中的领袖。我呢，名义上是他们的父亲，实际上是他们的臣仆，而我自己却以为是站在他们这政治舞台下面的观剧者。丧失了美丽的童年时代，送尽了蓬勃的青年时代，而初入黯淡的中年时代的我，在这群真率的儿童生活中梦见了自己过去的幸福，觅得了自己已失的童心。我企慕他们的生活天真，艳羡他们的世界广大。觉得孩子们都有大丈夫气，大人比起他们来，个个都虚伪卑怯；又觉得人世间各种伟大的事业，不是那种虚伪卑怯的大人们所能致，都是具有孩子们似的大丈夫气的人所建设的。

我翻到自己的画册，便把当时的情景历历地回忆起来。例如：他们跟了母亲到故乡的亲戚家去看结婚，回到上海的家里时也就结起婚来。他们派瞻瞻做新官人。亲戚家的新官人曾经来向我借一顶铜盆帽（当时我乡结婚的男子，必须戴一顶铜盆帽，穿长衫马褂，好像是代替清朝时代的红缨帽子、外套的。我在上海日常戴用的呢帽，常常被故乡的乡亲借去当作结婚的大礼帽用）。瞻瞻这两岁的小新官人也借我的铜盆帽去戴上了。

他们派软软做新娘子。亲戚家的新娘子用红帕子把头蒙住,他们也拿母亲的红包袱把软软的头蒙住了。一个戴着铜盆帽好像苍蝇戴豆壳;一个蒙住红包袱好像猢狲扮把戏,但两人都认真得很,面孔板板的,跨步缓缓的,活像那亲戚家的结婚式中的人物。宝姐姐说"我做媒人",拉住了这一对小夫妇而教他们参天拜地,拜好了,又送他们到用凳子搭成的洞房里。

我家没有一个好凳,不是断了脚的,就是擦了漆的。它们当凳子给我们坐的时候少,当游戏工具给孩子们用的时候多。在孩子们,这种工具的用处真真广大:请酒时可以当桌子用,搭棚棚时可以当墙壁用,做客人时可以当船用,开火车时可以当车站用。他们的身体比凳子高得有限,看他们搬来搬去非常吃力。有时汗流满面,有时被压在凳子底下。但他们好像为生活而拼命奋斗的劳动者,决不辞劳。汗流满面时可用一双泥污的小手来揩摸,被压在凳子底下时只要哭过几声,就带着眼泪去工作了。他们真可说是"快活的劳动者"。哭的一事,在孩子们有特殊的效用。大人们惯说"哭有什么用?"原是为了他们的世界狭窄的缘故。在孩子们的广大世界里,哭真有意想不到的效力。譬如跌痛了,只要尽情一哭,比服凡拉蒙灵得多,能把痛完全忘却,依旧遨游于游戏的世界中。又如泥人跌破了,也只要放声一哭,就可把泥人完全忘却,而热衷于别的玩具。又如花生米吃得不够,也只要号哭一下,便好像已经吃饱,可以起劲地去干别的工作了。总之,他们无论干什么事都认真而专心,把身心全部的力量拿出来干。哭的时候用全力去哭,笑的时候用全力去笑,一切游戏都用全力去干。干一件事的时候,把这事以外的一切别的事统统忘却。一旦拿了笔写字,便把注意力全部集中在纸上。纸放在桌上的水痕里也不管，衣袖带翻了墨水瓶也不管，衣裳角拖在火钵里燃烧了也不管。一旦知道同伴们有了有趣的游戏，冬晨睡在床里的会立刻从被窝钻出，穿了寝衣来参加；正在换衣服的会赤了膊来参加；正在洗浴的也会立刻离开浴盆，用湿淋淋的赤身去参加。被参加的团体中的人们对于这浪漫的参加者也恬不为怪，因为他们大家把全部精神沉浸在游戏的兴味中，大家入了"忘我"的三昧境，更无余暇顾到实际生活上的事及世间的习惯了。

成人的世界，因为受实际的生活和世间的习惯的限制，所以非常狭小苦闷。孩子们的世界不受这种限制，因此非常广大自由。年纪愈小，他的世界愈大。我家的三头政治团中瞻瞻势力最大，便是为了他年纪最小，所处的世界最广大自由的缘故。他见了天上的月亮，会认真地要求父母给他捉下来；见了已死的小鸟，会认真地喊它活转来；两把芭蕉扇可以认真地变成他的脚踏车；一只藤椅子可以认真地变成他的黄包车；戴了铜盆帽会立刻认真地变成新官人；穿了爸爸的衣服会立刻认真地变成爸爸。照他的热诚的欲望，屋里所有的东西应该都放在地上，任他玩弄；所有的小贩应该一天到晚集中在我家的门口，由他随时去买来吃或玩；房子的屋顶应该统统除去，可以使他在家里随时望见月亮、鹞子和飞机；眠床里应该有泥土，种花草，养着蝴蝶与青蛙，可以让他一醒觉就在野外游戏。看他那热诚的态度，以为这种要求绝非梦想或奢望，应该是人力所能办到的。他以为人们的一切欲望应该都是可能的。所以不能达到目的的时候，便那样愤慨地号哭。拿破仑的字典里没有"难"字，我家当时的瞻瞻的词典里没有"不可能"之一词。

我企慕这种孩子们的生活的天真，艳羡这种孩子们的世界的广大。或者有人笑我故意向未练的孩子们的空想界中找求荒唐的乌托邦，以为逃避现实之所；但我也可笑他们的屈服于现实，忘却人类的本性。我想，假如人类没有这种孩子们的空想的欲望，世间一定不会有建筑、交通、医药、机械等种种抵抗自然的建设，恐怕人类到今日还在茹毛饮血呢。所以我当时的心，被儿童所占据了。我时时在儿童生活中获得感兴。玩味这种感兴，描写这种感兴，成了当时我的生活的习惯。

欢喜读与人生根本问题有关的书，欢喜谈与人生根本问题有关的话，可说是我的一种习性。我从小不欢喜科学而欢喜文艺。为的是我所见的科学书，所谈的大都是科学的枝节问题，离人生根本很远；而我所见的文艺书，即使最普通的《唐诗三百首》《白香词谱》等，也处处含有接触人生根本而耐人回味的字句。我读了"想得故园今夜月，几人相忆在江楼"，便会设身处地地做了思念故园的人，或江楼相忆者之一人，而无端地兴起离愁。读了"流光容易把人抛，红了樱桃，绿了芭蕉"，便会想起过去的许多的春花秋月，而无端地兴起惆怅。我看见世间的大人都为生活的琐屑事件所迷着，都忘记人生的根本；只有孩子们保住天真，独具慧眼，其言行多是欣赏者。八指头陀诗云："吾爱童子身，莲花不染尘。骂之唯解笑，打亦不生嗔。对境心常定，逢人语自新。可慨年既长，物欲蔽天真。"我当时曾把这首诗托人用细字刻在香烟嘴的边上。

这只香烟嘴一直跟随我，直到四五年前，有一天不见了。以后我不再刻这诗在什么地方。四五年来，我的家里同国里一样的多难：母亲病了很久，后来死了；自己也病了很久，后来没有死。这四五年间，我心中不觉得有什么东西占据着，在我的精神生活上好比一册书里的几页空白。现在，空白页已经翻厌，似乎想翻出些下文来才好。我仔细向自己的心头探索，觉得只有许多乱杂的东西忽隐忽现，却并没有一物强固地占据着。我想把这几页空白当作被开的几个大"天窗"，使下文仍旧继续前文，然而很难能。因为昔日的我家的儿童，已在这数年间不知不觉地变成了少年少女，行将变为大人。他们已不能像昔日的占据我的心了。我原非一定要拿自己的子女来作为儿童生活赞美的对象，但是他们由天真烂漫的儿童渐渐变成拘谨驯服的少年少女，在我眼前实证地显示了人生黄金时代的幻灭，我也无心再来赞美那昙花似的儿童世界了。

　　古人诗云："去日儿童皆长大，昔年亲友半凋零。"这两句确切地写出了中年人的心境的虚空与寂寥。前天我翻阅自己的画册时，陈宝（就是阿宝，就是做媒人的宝姐姐）、宁馨（就是做新娘子的软软）、华瞻（就是做新官人的瞻瞻）都从学校放寒假回家，站在我身边同看。看到"瞻瞻新官人，软软新娘子，宝姐姐做媒人"的一幅，大家不自然起来。宁馨和华瞻脸上现出忸怩的笑，宝姐姐也表示决不肯再做媒人了。他们好比已经换了另一班人，不复是昔日的阿宝、软软和瞻瞻了。昔日我在上海的小家庭中所观察欣赏而描写的那群天真烂漫的孩子，现在早已不在人间了！他们现在都已疏远家庭，做了学校的学生。他们的生活都受着校规的约束，社会制度的限制，和世智的拘束；他们的世界不复像昔日那样广大自由；他们早已不做房子没有屋顶和眠床里种花草的梦了。他们已不复是"快活的劳动者"，正在为分数而劳动，为名誉而劳动，为知识而劳动，为生活而劳动了。

　　我的心早已失了占据者。我带了这虚空而寂寥的心，彷徨在十字街头，观看他们所转入的社会，我想象这里面的人，个个是从那天真烂漫、广大自由的儿童世界里转出来的。但这里没有"花生米不满足"的人，却有许多面包不满足的人。这里没有"快活的劳动者"，只见锁着眉头的引车者，无食无衣的耕织者，挑着重担的斑白者，挂着白须的行乞者。这里面没有像孩子世界里所闻的号啕的哭声，只有细弱的呻吟，吞声的呜咽，幽默的冷笑，和愤慨的沉默。这里面没有像孩子世界中所见的不屈不挠的大丈夫气，却充满了顺从、屈服、消沉、悲哀，和诈伪、险恶、卑怯的状态。我看到这种状态，又同昔日带了一摞书和一包食物回家，而在弄堂门口看见我妻提携了瞻瞻和阿宝等候着那时一样，自己立刻化身为二人。其一人做了这社会里的一分子，体验着现实生活的辛味；另一人远远地站出来，从旁观察这些状态，看到了可惊可喜可悲可哂的种种世间相。然而这情形和昔日不同：昔日的儿童生活相能"占据"我的心，能使我归顺它们；现在的世间相却只是常来"袭击"我这空虚寂寥的心，而不能占据，不能使我归顺。因此我的生活的册子中，至今还是继续着空白的页，不知道下文是什么。也许空白到底，亦未可知啊。

1935年2月4日

名师赏析

  作者在文中满怀深情地回忆了居于上海的小家庭生活，在"石门湾式的小天地里"儿女天真地游戏、全身心地投入，小小年龄却拥有大大的世界，表达了对儿童的企慕和艳羡。随后话锋一转，提到儿童黄金时代的终将消亡，生活的册子上还将继续空白，表达了无限的遗憾和无奈。

  作者对于生活可惊可喜可悲可怖的感发，源于独特的视角。如文中两次提到的妻子带着孩子站在家门口等他的画面、观察儿童"忘我"游戏的画面、揣摩儿童内心世界的想象等，均是以剧中人和旁观者的双重视角来看待，方能品味出生活的悲欢喜乐，进而进入作者的漫画之中。世间种种相皆有本源，而儿童正好是不染尘垢的最初本相，虽然终将失去，但曾经存在过，也将继续存在着。

儿　戏[①]

楼下忽然起了一片孩子们暴动的声音。他们的娘高声喊着："两只雄鸡又在斗了，爸爸快来劝解！"我不及放下手中的报纸，连忙跑下楼来。

原来是两个男孩在打架：六岁的元草要夺九岁的华瞻的木片头，华瞻不给，元草哭着用手打他的头；华瞻也哭着，双手擎起木片头，用脚踢元草的腿。

我放下报纸，用身体插入两孩子的中间，用两臂分别抱住了两孩子，对他们说："不许打！为的啥事体？大家讲！"元草竭力想摆脱我的手臂而向对方进攻，一面带哭带嚷地说："他不肯给我木片头！他不肯给我木片头！"似乎这就是他打人的正当理由。华瞻究竟比他大了三岁，最初静伏在我的臂弯里，表示不抵抗而听我调解，后来吃着口声辩："这些木片头原是我的！他要夺，我不给，他就打我！"元草用哭声接着说："他踢我！"华瞻改用直接交涉，对着他说："你先打！"在旁作壁上观的宝姐姐发表意见："轻记还重记，先打无道理！"背后另一人又发表一种舆论："君子开口，小人动手！"我未及下评

[①] 本篇原载《申报》1933年3月27日。

判,元草已猛力退出我的手臂,突然向对方袭击。他们的娘看我排解无效,赶过来将元草擒去,抱在怀里,用甘言骗住他。我也把华瞻抱在怀里,用话抚慰他。两孩子分别占据了两亲的怀里,暴动方始告终。这时候,"五香……豆腐干"的叫声在后门外亲切地响着,把脸上挂着眼泪的两孩子一齐从我们的怀里叫了出去。我拿了报纸重回楼上去的时候,已听到他们复交后的笑谈声了。

但我到了楼上,并不继续看报。因为我看刚才的事件,觉得比看报上的国际纷争直接明了得多。我想:世间人与人的对待,小的是个人对个人,大的是团体对团体。个人对待中最小的是小孩对小孩,团体对待中最大的是国家对国家。在文明的世间,除了最小的和最大的两极端而外,人对人的交涉,总是用口的说话来讲理,而不用身体的武力来相打的。例如要掠夺,也必用巧妙的手段;要侵占,也必立巧妙的名义:所谓"攻击"也只是辩论,所谓"打倒"也只是叫喊。故人对人虽怀怨害之心,相见还是点头握手,敷衍应酬。虽然也有用武力的人,但"君子开口,小人动手",开化的世间是不通行用武力的。其中唯有最小的和最大的两极端不然:小孩对小孩的交涉,可以不讲理,而通行用武力来相打;国家对国家的交涉,也可以不讲理,而通行用武力来战争。战争就是大规模的相打。可知凡物相反对的两极端相通似,或相等。国际的事如儿戏,或等于儿戏。

一九三二年

名师赏析

文章以两个小孩为争木片而打架的小事切入，阐发人与人之间的对待方式大多"动口不动手"，以讲理为主，而最小者儿童、最大者国家却是动武的两个极端。文章以轻松诙谐的口吻讽刺国际争端动辄发动战争是犹如儿戏，提出"开化的世间是不通行用武力的"观点，表达了作者对战争的深切厌恶。

这篇文章非常简短，朴实无华的文字中蕴含着重大的意义。作者身处的年代正是战争年代，日本侵华战争愈演愈烈，国家与国家之间的开战给人民带来了深重灾难。作者不落窠臼地批判战争的罪恶，没有义愤填膺的口号式驳斥，却选择了从身边小事——儿戏来作比喻，以儿童的纯真天然不讲理来对比大国的野蛮霸道不讲理，讽刺嘲笑的意味就分外明显了。

爱子之心

吾乡风俗，给孩子取名常用"丫头""小狗""和尚"等。倘到村庄上去调查起来，可见每个村庄上名叫丫头的一定不止一个，有大丫头，小丫头等；名叫和尚的也一定不止一个，有三和尚，四和尚等。不但村庄上如此，镇上，城里，也有着不少的丫头，小狗和和尚。名叫丫头的有时是一个老头子，名叫小狗的有时是一条大汉，名叫和尚的有时是一个富商。我在闻名见面时，往往忍不住要笑出来。

这种名字当然不是本人自己要取的，原是由乳名沿用而来的，但他们的父母为什么给他们取这种乳名呢？窥察他们的用意，大概出于爱子之心。这种人的孩子时代大概是宠儿或独子，父母深恐他们不长养，因而给他们取这种名字。

为什么给孩子取名丫头，小狗，或和尚，孩子便会好养呢？窥察他们的理论是这样：世间可贵的东西往往容易丧失，而贱的东西偏生容易好养。故要宠儿或独子好养，只要在名义上把他们假装为贱的，死神便受他们的欺骗，不会来光顾了。故普通给孩子取名，大都取个福生，寿生，富生，或贵生；但给宠儿或独子取名，这等好字眼都用不着。并非不要他有福，有寿，大富，大贵，只因宠儿或独子，本身已经太贵而有容易丧失的危险。欲杜死神的觊觎而防危险，正宜取最贱的称呼。他们以为世间贱的东西，是女人、畜生和和尚。故宠儿或独子的名字取了"丫头""小狗"或"和尚"，死神听见了便以为他真是丫头，真是和尚，或者真是一只小狗，就放他壮健地活在世上了。

"丫头"这称呼，在吾乡有两种用法：镇上人称使女为丫头，乡下人称女儿为丫头。无论为使女或女儿，总之，丫头就是女孩子。女人是贱的，女孩子是女人中之小者，故丫头犹言"小贱人"。以此称呼宠儿或独子给死神听，最为稳当。故一村之中，名叫丫头的一定不止一个。

畜生的贱，不言可知，但其中最贱的是狗，因为它是吃屎的。故宠儿独子只要实际不吃屎，不妨取名小狗。

至于和尚，在吾乡也是贱的东西。把儿子卖给寺里做小和尚，丰年也只卖三块钱一岁，荒年白送也没有人要。这样看来，小和尚比猪羊等畜生更贱。故名叫和尚的孩子尤多。但又有人说，这名字除此以外还有一种法力：和尚是修行的，修行是积福积寿的。取名为和尚，可免修行之苦，而得福寿之利，也是一种不劳而获的方法。

一九三三年六月廿九日

名师赏析

这是一篇独特而难得的小孩"姓名考"。传统观念里，

"世间可贵的东西往往容易丧失,而贱的东西偏生容易好养"。对于家中独子、爱子,父母生怕有所闪失,故而不论男女,大都给孩子取丫头、小狗、和尚之名,假借其"贱"蒙骗死神、以便孩子好养活。这个"贱"字应作"坚韧"理解,世间最贱的命就是女人、畜生与和尚的命,因其生存环境的艰苦反而坚韧不拔、生命力强,故而更好养活。

　　作者敏锐的观察力、强烈的好奇心以及对于民间文化的熟知,让本文独具一格。作者写过很多关于儿童本身的文章,但本文恰好是从父母爱子的角度反映他对儿童的另一种深切关注。

生死关头

小朋友听了我这故事,恐怕要心惊肉跳。但只要你聪明,也就不可怕了。

往年我逃难到大后方,有一回住在荒山之中。附近的山都是峭壁,高数千丈,无人爬得上去,只有鸟可以飞上飞下。其中有一种鸟,名叫"神鸦"的,常在峭壁的凹处做窠,那些凹处,好像一个平台,约有一张床这么大小。鸟蛋生在这里,也不会滚下去。而且没有人或其他动物,能够上去偷它们的蛋。

住在这附近的土人,有一种信念:神鸦的蛋,可以医治一切疑杂症,是一种世间无双的良药。但是因为没有取得神鸦的蛋,无法证明其是真是假,所以这信念在土人们的心里愈加坚定。凡有人生重病的,总要想起或说起"神鸦的蛋";可是无法办到,只得听其死亡。我曾经听土人说过这样的一个故事:

有一个青年土人,姓王名毅的,从小确信神蛋的灵效。他家里有一母亲,他非常孝顺母亲。但母亲已六十多岁,常常多病。有次病得非常危险,王毅买各种良药给母亲吃,都无效果。忽然他想:若能取到神鸦的蛋,给母亲吃了,病一定痊愈。他便下决心,一定要取得神鸦的蛋。他就独自深入荒山去找寻。

　　他跑到峭壁底下，仰望神鸦的窠。但见峭壁中央有一处凹进的石床，离地大约有一百多丈。两只神鸦衔着泥和草，正在飞进飞出，这证明它们就要生蛋了。但这峭壁不止垂直，又且向外扑出，神鸦的窠离地一百多丈，从下面无论如何走不上去。他徘徊观望，望见峭壁的顶上，有一株老树，枝干向外扑出，好像巨人的两臂。这两臂离开神鸦的窠，大约也有数十丈。他仰望这株老树，计上心来：若得从后面的山坡，爬上峭壁的顶点，用几十丈索子从老树干挂下来，用荡秋千的方法荡过去，一定可以站在石床上而取得神鸦的蛋。这是唯一的办法，他想。

　　他回家去，准备一根又坚又长的索子。又做一只布袋，准备盛了蛋挂在身上的。他再走进荒山，看见神鸦不再衔泥衔草，只是轮流出来觅食，知道蛋已经生下了，他连忙回家。次日早晨，他带了索子、布袋和干粮，向峭壁后面的坡上进发。他爬山过岭，走了许多崎岖的路，下午方才走到了峭壁顶上，老树的旁边。他向下窥探，看见数百丈之下的地面，一片模糊。他打个寒噤；但坚贞的孝心，恢复了他的勇气。他把布袋挂在背上。他把索子的一端牢牢地缚住在老树的干上。他把数十丈的索子往下抛。于是他两手紧握索子，一把一把地缘下去。他的眼睛不看下面，恐怕看了要心慌。前面说过，这石壁是不止垂直，又且向外扑出的。所以他的身体愈缘下去，离开石壁愈远。到了石壁凹处神鸦生蛋的地方，他的身体离开神鸦的蛋已有大约两丈的距离。但见两只神鸦正在孵蛋，看见人从上面挂下来，吃惊飞去。王毅就看见雪白的两个大蛋，放在石床里边的草窝里。他想，取得这两颗神蛋，给母亲吃了，母亲的病霍然若失，我们母子永远团聚，岂非人间之至福！于是他用荡秋千的本领，将绳索前后摇摆。绳索摆荡的幅度愈来愈大，终于使他的脚踏住了峭壁凹处的石床。他站住了，抽一口气。他把索子的下端打一个圈，套在头颈里。于是他俯身下去取蛋。

　　他把蛋装进布袋里，挂在背上。不料一个失手，他把头颈里的索子圈摆脱，那索子圈飞也似荡了开去。他一时心慌意乱，不知所措。眼看见那索子又荡回来，荡到离开石床两三尺的地方，又荡开去。随后又荡回来，荡到离开石床两三尺地方，又荡开去。

　　在这数秒钟之间，他的聪明来了。他想：如果再不握住索子，这索子愈荡愈远，将终于垂直地挂在离开他两丈的空中，无论如何拿不到手。到那时，喊破喉咙无人听见，跳下去粉身碎骨，只有坐在这里饿死。想到这里，他胸中豁然开悟。他想，索子第三次回来的时候，若不拿到，就永远拿不到手，他只有死路一条。这是他的生死关头了！——这些念头只在一两秒钟之间掠过他的脑际。

　　索子第三次回来了，离开石床有三四尺之远。他毅然决然，奋身一跃，果然抓住了索子。他两脚踏在圈子里，抱住索子，抽一口气，然后慢慢地缘上去。他爬上树干，走下老树，坐在地上，放声大哭了一回；接着又放声大笑起来。然后背了神蛋，下坡回去。他的性命是他的毅然决然的果敢力所换来的，是他的聪明所给予的。

至于神蛋，是否真能医好他母亲的病，我没有详细查明，诸位小朋友也不必追究。我讲这故事的兴味，全在抱住索子这一段。诸位小朋友设身处地地想想，也许要心惊肉跳。但只要你有毅然决然的果敢力，只要你聪明，也就不可怕了。

一九四六年

名师赏析

　　这篇文章是讲给小朋友听的历险故事。讲述了一个关于孝子偷神鸦蛋的奇妙故事。故事本身很简单，但是过程刻画得非常生动形象，其中大量的环境、心理、动作，在不断突显偷蛋艰险的同时衬托出孝子的聪明勇敢形象。

　　故事本可以如同传统模式突出孝顺的主题，但作者却另辟蹊径、不落俗套，反将故事中最容易让人忽视的地方——孝子毅然决然的果敢力作为重点强调，盛赞他用自己的聪明果敢救了自己的命，从而教育小朋友学习他的这种品质。结尾处让小朋友"设身处地地想，也许要心惊肉跳"，正与开头"听了我这故事，恐怕要心惊肉跳"形成照应，是标准的儿童故事典范。

学画回忆

假如有人探寻我儿时的事，为我作传记或讣启，可以为我说得极漂亮："七岁入塾即擅长丹青。课余常摹古人笔意，写人物花鸟之图，以为游戏。同塾年长诸生竞欲乞得其作品而珍藏之，甚至争夺殴打。师闻其事，命出画观之，不信，谓之曰：'汝真能画，立为我作至圣先师孔子像！不成，当受罚。'某从容研墨抻纸，挥毫立就，神颖哗然。师弃戒尺于地，叹曰：'吾无以教汝矣！'遂装按其画，悬诸塾中，命诸生朝夕礼拜焉。于是亲友竞乞其画像，所作无不惟妙惟肖。……"百年后的人读了这段记载，便会赞叹道："七岁就有作品，真是天才、神童！"

朋友来信要我写些关于儿时学画的回忆的话。我就根据上面的一段话写些吧。上面的话都是事实，不过欠详明些，宜解释之如下：

我七八岁时——到底是七岁或八岁，现在记不清楚了。但都可说，说得小了可说是照外国算法的；说得大了可说是照中国算法的——入私塾，先读《三字经》，后来又读《千家诗》。《千家诗》每页上端有一幅木版画，记得第一幅画的是一只大象和一个人，在那里耕田，后来我知道这是二十四孝中的大舜耕田图。但当时并不知道画的是什么意思，只觉得看上端的画，比读下面的"云淡风轻近午天"有趣。我家开着染坊店，我向染匠司务讨些颜料来，溶化在小盅子里，用笔蘸了为书上的单色画着色，涂一只红象，一个蓝人，一片紫地，自以为得意。但那书的纸不是道林纸，而是很薄的中国纸，颜料涂在上面的纸上，会渗透下面好几层。我的颜料笔又吸得饱，透得更深。等得着好色，翻开书来一看，下面七八页上，都有一只红象、一个蓝人和一片紫地，好像用三色版套印的。

第二天上书的时候，父亲——就是我的先生——就骂，几乎要打手心；被母亲和大姐劝住了，终于没有打。我抽抽咽咽地哭了一顿，把颜料盅子藏在扶梯底下了。晚上，等到先生——就是我的父亲——上鸦片馆去了，我再向扶梯底下取出颜料盅子，叫红英——管我的女仆——到店堂里去偷几张煤头纸来，就在扶梯底下的半桌上的"洋油手照"底下描色彩画。画一个红人，一只蓝狗，一间紫房子……这些画的最初的鉴赏者，便是红英。后来母亲和诸姐也看到了，她们都说"好"；可是我没有给父亲看，防恐吃手心。这就叫作"七岁入塾即擅长丹青"。况且向染坊店里讨来的颜料不止丹和青呢！

后来，我在父亲晒书的时候找到了一部人物画谱，翻一翻，看见里面花样很多，便偷偷地取出了，藏在自己的抽斗里。晚上，又偷偷地拿到扶梯底下的半桌上去给红英看。这回不想再在书上着色，却想照样描几幅看，但是一幅也描不像。亏得红英想了办法，教我向习字簿上撕下一张纸来，印着了描。记得最初印着描的是人物谱上的柳柳州像。当时第一次印描没有经验，笔上墨水吸得太饱，习字簿上的纸又太薄，结果描是描成了，但原本上渗透了墨水，弄得很龌龊，曾经受大姐的责骂。这本书至今还存在，最近我晒旧书时候还翻出这个弄龌龊了的柳柳州像来看：穿了很长的袍子，两臂高高地向左右伸起，仰起头作大笑状。但周身都是斑斓的墨点，便是我当日印上去的。回思我当日最初想印这幅画的原因，大概是因为他高举两臂作大笑状，好像我的父亲打呵欠的模样，所以特别有兴味吧。后来，我"印画"的技术渐渐进步。大约十二三岁的时候（父亲已经弃世，我在另一私塾读书了），我已把这本人物谱统统印全。所用的纸是雪白的连史纸，而且所印的画都着色。着色所用的颜料仍旧是染坊里的，但不复用原色。我自己会配出各种的间色来，在画上施以复杂华丽的色彩，同塾的学生看了都很欢喜，大家说"比原本上的好看得多！"而且大家问我讨画，拿去贴在灶间里，当作灶君菩萨；或者贴在床前，当作新年里买的"花纸儿"。所以说我"课余常摹古人笔意，写人物花鸟之图，以为游戏。同塾年长诸生竞欲乞得其作品而珍藏之"，也都有因；不过其事实是如此。

至于学生夺画像殴打，先生请我画至圣先师孔子像，悬诸塾中，命诸生晨夕礼拜，也都是确凿的事实，你听我说吧：那时候我们在私塾中弄画，同在现在社会里抽鸦片一样，是不敢公开的。我好像是一个土贩或私售灯吃的，同学们好像是上了瘾的鸦片鬼，大家在暗头里作勾当。先生坐在案桌上的时候，我们的画具和画都藏好，大家一摇一摆地读"幼学"书。等到下午，照例一个大块头来拖先生出去吃茶了，我们便拿出来弄画。我先一幅幅地印出来，然后一幅幅地涂颜料。同学们便像看病时向医生挂号一样，依次认定自己所欲得的画。得画的人对我有一种报酬，但不是稿费或润笔，而是种种玩意儿：金铃子一对连纸匣；挖空老菱壳一只，可以加上绳子去当作陀螺抽的；"云"字顺治铜钱一枚（有的顺治铜钱，后面有一个字，字共有二十种。我们儿时听大人说，积得了一套，用绳编成宝剑形状，挂在床上，夜间一切鬼都不敢来。但其中，好像是"云"字，最不易得；往往为缺少此一字而编不成宝剑。故这种铜钱在当时的我们之间是一种贵重的赠品），或者铜管子（就是当时炮船上新用的后膛枪子弹的壳）一个。有一次，两个同学为交换一张画，意见冲突，相打起来，被先生知道了。先生审问之下，知道相打的原因是为画，追究画的来源，知道是我所作，便厉声喊我走过去。我料想是吃戒尺了，低着头不睬，但觉得手心里火热了。终于先生走过来了，我已吓得魂不附体。但他走到我的座位旁边，并不拉我的手，却问我"这画是不是你画的？"我回答一个"是"字，预备吃戒尺了。他把我的身体拉开，抽开我的抽斗，搜查起来。我的画谱、颜料，以及印好而未着色的画，就都被他搜出。我以为这些东西全被没收了：结果不然，他单把画谱拿了去，坐在自己的椅子上一张一张地观赏起来。过了好一会，先生旋转头来叱一声"读！"大家朗朗地读"混沌初开，乾坤始奠……"这件案子便停顿了。我偷眼看先生，见他把画谱一张一张地翻下去，一直翻到底。放假的时候我夹了书包走到他面前去作一个揖，他换了一种与前不同的语气对我说："这书明天给你。"

明天早上我到塾，先生翻出画谱中的孔子像，对我说："你能看了样画一个大的吗？"我没有防到先生也会要我画起画来，有些"受宠若惊"的感觉，支吾地回答说"能"。其实我

107

向来只是"印",不能"放大"。这个"能"字是被先生的威严吓出来的。说出之后心头发一阵闷,好像一块大石头吞在肚里了。先生继续说:"我去买张纸来,你给我放大了画一张,也要着色彩的。"我只得说"好"。同学们看见先生要我画画了,大家装出惊奇和羡慕的脸色,对着我看。我却带着一肚皮心事,直到放假。

  放假时我夹了书包和先生交给我的一张纸回家,便去向大姐商量。大姐教我,用一张画方格子的纸,套在画谱的书页中间。画谱纸很薄,孔子像就有经纬格子范围着了。大姐又拿缝纫用的尺和粉线袋给我在先生交给我的大纸上弹了大方格子,然后向镜箱中取出她画眉毛用的柳条枝来,烧一烧焦,教我依方格子放大的画法。那时候我们家里还没有铅笔和三角板、米突［米（metre）］尺,我现在回想大姐所教我的画法,其聪明实在值得佩服。我依照她的指导,竟用柳条枝把一个孔子像的底稿描成了。同画谱上的完全一样,不过大得多,同我自己的身体差不多大。我伴着了热烈的兴味,用毛笔勾出线条,又用大盆子调了多量的颜料,着上色彩,一个鲜明华丽而伟大的孔子像就出现在纸上。店里的伙计,作坊里的司务,看见了这幅孔子像,大家说"出色!"还有几个老妈子,尤加热烈地称赞我的"聪明"和画的"齐整",并且说:"将来哥儿给我画个容像,死了挂在灵前,也沾些风光。"我在许多伙计、司务和老妈子的盛称声中,俨然成了一个小画家。但听到老妈子要托我画容像,心中却有些儿着慌。我原来只会"依样画葫芦"的!全靠那格子放大的枪花,把书上的小画改成为我的"大作";又全靠那颜色的文饰,使书上的线描一变而为我的"丹青"。格子放大是大姐教我的,颜料是染匠司务给我的,归到我自己名下的工作,仍旧只有"依样画葫芦"。如今老妈子要我画容像,说"不会画"有伤体面;说"会画"将来如何兑现?且置之不答,先把画交给先生去。先生看了点头。次日画就粘贴在堂名匾下的板壁上。学生们每天早上到塾,两手捧着书包向它拜一下;晚上散学,再向它拜一下。我也如此。

自从我的"大作"在塾中的堂前发表以后,同学们就给我一个绰号"画家"。每天来访先生的那个大块头看了画,点点头对先生说:"可以。"这时候学校初兴,先生忽然要把我们的私塾大加改良了。他买一架风琴来,自己先练习几天,然后教我们唱"男儿第一志气高,年纪不妨小"的歌。又请一个朋友来教我们学体操。我们都很高兴。有一天,先生呼我走过去,拿出一本书和一大块黄布来,和蔼地对我说:"你给我在黄布上画一条龙,"又翻开书来,继续说,"照这条龙一样。"原来这是体操时用的国旗。我接受了这命令,只得又去向大姐商量,再用老法子把龙放大,然后描线,涂色。但这回的颜料不是从染坊店里拿来,是由先生买来的铅粉、牛皮胶和红、黄、蓝各种颜色。我把牛皮胶煮溶了,加入铅粉,调制各种不透明的颜料,涂到黄布上,同西洋中世纪的 fresco(壁画)画法相似。龙旗画成了,就被高高地张在竹竿上,引导学生通过市镇,到野外去体操。我悔不该在体操后偷把那龙旗藏过了,好让我的传记里添两句:"其画龙点睛后忽不见,盖已乘云上天矣。"我的"画家"绰号自此更盛行,而老妈子的画像也催促得更紧了。

我再向大姐商量。她说二姐丈会画肖像,叫我到他家去"偷关子"。我到二姐丈家,果然看见他们有种种特别的画具:

玻璃九宫格、擦笔、conté、米突尺、三角板。我向二姐丈请教了些笔法,借了些画具,又借了一包照片来,作为练习的样本。因为那时我们家乡地方没有照相馆,我家里没有可用玻璃格子放大的四寸半身照片。回家以后,我每天一放学就埋头在擦笔照相画中。这原是为了老妈子的要求而"抱佛脚"的,可是她没有照相,只有一个人。我的玻璃格子不能罩到她的脸孔上去,没有办法给她画像。天下事都会巧妙地解决的。大姐在我借来的一包样本中选出某老妇人的一张照片来,说:"把这个人的下巴改尖些,就活像我们的老妈子了。"我依计而行,果然画了一幅八九分像的肖像画,外加在擦笔上面涂以漂亮的淡彩:粉红色的肌肉,翠蓝色的上衣,花带镶边,耳朵上外加挂上一双金黄色的珠耳环。老妈子看见珠耳环,心花盛开,即使完全不像,也说"像"了。自此以后,亲戚家死了人我就有差使——画容像。活着的亲戚也拿一张小照来叫我放大,挂在厢房里,预备将来可现成地移挂在灵前。我十七岁出外求学,年假、暑假回家时还常常接受这种义务生意。直到我十九岁时,从先生学了木炭写生画,读了美术的论著,方才把此业抛弃。到现在,在故乡的几位老伯伯和老太太之间,我的擦笔肖像画家的名誉依旧健在。不过他们大都以为我近来"不肯"画了,不再来请教我。前年还有一位老太太把她新死了的丈夫的四寸照片寄到我上海的寓所来,哀求地托我写照。此道我久已生疏,早已没有画具,况且又没有时间和兴味。但无法对她说明,就把照片送到霞飞路的某照相馆里,托他们放大为廿四寸的,寄了去。后遂无问津者。

假如我早得学木炭写生画,早得受美术论著的指导,我的学画不会走这条崎岖的小径。唉，可笑的回忆，可耻的回忆，写在这里，给世间学画的人作借镜吧。

一九三四年二月作

名师赏析

本文是作者对自己学画经历的回忆。文章以巧妙的"作传"方式引出7岁即作画的原因始末，歪打正着利用描摹、印像、着色、放大等讨巧的办法博得"画家"之名，详述了"传记"提到的画孔子像、画龙旗、画人物肖像的具体过程，表达了对当年学画走了弯路的自嘲和对后学的警醒。文中，作者始终本着谦逊自省的态度，不夸饰、不炫耀，真诚地剖析自己在学画过程中的种种不足，这也为初学者提供了借鉴和参照。

每个人从事一种行业，各有其因缘。丰子恺以漫画闻名于世，然而一切只源于最初的好奇捣蛋，幸运的是，这份好奇与兴趣不仅没有被扼杀，还得到了保护与支持，从而为日后的成就埋下了种子。

幸福儿童

邻家的小朋友黄昏到我家来玩,看见了我总说"公公讲故事!"公公肚里的故事讲完了,只得回忆过去,把旧时的见闻讲给他们听,聊以塞责。有一晚,讲新中国成立前黑暗社会里的儿童的不幸,我说:"我们现在所住的地方,从前是外国人管的,叫作法租界。住在这里的外国人很凶,中国人很苦。我有一个朋友,家住在这里。他出门到远地方去了,家里只剩一个妈妈和两个孩子,一个男的八岁,一个女的六岁。有一次,这两个孩子饿了三天,没有吃饭!"小朋友睁大了眼睛问:"为什么?为什么?"我继续讲:"那一天早上,两个孩子还没有起来,妈妈提了篮出门去买米。有一个外国小孩在路上跌了一跤,外国小孩的妈妈看见她走在小孩旁边,就硬说是她把他推倒的,拉住了她,喊起巡捕来。那巡捕见外国人怕,见中国人欺侮,就把这妈妈拉到巡捕房里,把她关进牢监里,关了三天。两个孩子在家里等妈妈回来烧早饭吃,等了一天不回来,等了两天不回来;等到第三天晚上,妈妈才哭着回来,一看,两个孩子躺在地板上,一动也不动,快饿死了,因为三天没有吃饭了。"小朋友们提出质问。有一个说:"他们为什么不到隔壁人家去吃饭呢?"我说:"那时候隔壁人家是不来往的,死了人也不管。"另一个问:"他们为什么不到食堂里去吃饭呢!"我说:"那时候没有食堂,要吃饭只有自家烧。"第三个小朋友问:"那么他们为什么不到你家去吃饭呢?"我说:"我家住的地方很远,正像小冰家到这里一样远,两个孩子自己怎么会去呢?"——小冰者,就是我外孙,他的弟弟叫毛头,那时两人都不满十岁,星期天常常自己乘电车到我家来玩,和邻家的小朋友很要好的。——这小朋友就反驳:"那么,小冰和毛头为什么自己会来?"我说:"那时候上海坏人多,小孩子独自出门要被人欺侮,或者被人拐去,不像现在这样……"我说到这里,心中赫然地显出一幅新旧社会明暗对比图,就不期地拍着这几个小朋友的肩膀说:"你们真是幸福儿童啊!"

在现今的新社会里,儿童真幸福呢!就像今晚,里弄里的儿童到我家来玩,要公公讲故事,这种情况恐怕也是住过旧上海的人所不能想象的吧。在从前,上海地方五方杂处,良莠不齐。邻人一概不认识。即使一家住在楼上,一家住在楼下,也绝不往来,绝不招呼。所以居民一有缓急,除非有亲戚朋友来支援,邻人是死活不管的。现在呢,这个中国最大的都市里,不止五方杂处,然而人们都互相亲善了。里弄居民守望相助,痛痒相关。所谓"远亲不及近邻"这句古话,在黑暗的旧社会里一时失却了意义,在光明的新社会里重新恢复其真理了。

里弄有食堂可以供居民吃饭,这也是新社会居民的新幸福之一。在从前,各家必须各自买菜、生火、煮饭。即使一家只有一两个人,也得另起炉灶。即使十分繁忙,也得自己造饭。现在各里弄都有了食堂。居民如果有空,或者欢喜自己弄点小菜吃吃,就在自己家里做饭;如果人少或很忙,没有工夫买菜、生火、煮饭,那么就可到食堂里去吃。这真是价廉物美、童叟无欺的。因为食堂是居民自己办的,没有人从中剥削。如果母亲不回来,孩子可以自由地到食堂吃饭。食堂里的服务员就是邻人,都认识孩子们,就像母亲一样照顾孩子们。所以我邻家的小朋友们都不相信我那朋友家的两个孩子饿了三天。

新上海的电车、汽车的司机和售票员,和旧上海的大大地不同了。他们都照顾乘客,尤其是老人和小孩。像我这样的老人,无论电车怎样拥挤,一上车就有人让座位。我的外孙小冰和毛头,住在虹口四平路,离开我家十多里路,来时要转两次或三次电车。然而小冰八九岁上就独自乘电车来看望外公外婆。有时吃了夜饭,玩了一会,到八九点钟才回家。然而一向平安无事。因为司机、售票员和乘客都照顾小孩,他们就同跟着父母出门一样。有一个星期天早晨,他的七岁的弟弟毛头忽然一个人来了。我吃惊地问:"你一个人会来的?"他说:"有一次人多,上车是一个解放军叔叔抱我上去的;下车是售票员抱我下来的。"

这种社会状况我现已经看惯,不以为奇了。那天晚上被邻家的几个小朋友一问,我才深切地感到新旧社会的明暗之别,和新旧时代儿童的幸福之差,就在儿童节上写这篇随笔,告诉侨居海外的家长和儿童。

一九六一年

名师赏析

　　这篇文章写于中华人民共和国成立后，以新、旧社会各种现象的对比，整篇文章从头到尾都充满故事感。开头先是以给邻居儿童讲故事为由，讲述了旧社会小孩三天没吃饭差点饿死的不幸故事，引发了孩子们的惊疑和追问；自然而然地展现出新、旧社会的明暗之别，新旧时代儿童的幸福之差，作者满怀赞叹地描述了新中国的各种崭新现象，如邻里关系、公共食堂、乘车照顾等，俨然是一个充满希望的美好故事。

　　文章虽然篇幅短小，字里行间洋溢着积极和希望。从旧社会一路走来的人，对于国家革旧鼎新的点滴变化感受特别明显，向来关注儿童精神世界的作者，从当前儿童的天真反应中感受到他们的幸福，这也从侧面证明了国家昂扬向上的精神面貌。

我的母亲

中国文化馆要我写一篇《我的母亲》，并寄我母亲的照片一张。照片我有一张四寸的肖像，一向挂在我的书桌的对面。已有放大的挂在堂上，这一张小的不妨送人。但是《我的母亲》一文从何处说起呢？看看母亲的肖像，想起了母亲的坐姿。母亲生前没有摄取坐相的照片，但这姿态清楚地摄入在我脑海中的底片上，不过没有晒出。现在就用笔墨代替显影液和定影液，把我母亲的坐像晒出来吧：

我的母亲坐在我家老屋的西北角里的八仙椅子上，眼睛里发出严肃的光辉，口角上表出慈爱的笑容。

老屋的西北角里的八仙椅子，是母亲的老位子。从我小时候直到她逝世前数月，母亲空下来总是坐在这把椅子上，这是很不舒服的一个座位：我家的老屋是一所三开间的楼厅，右边是我的堂兄家，左边一间是我的堂叔家，中央一间是我家。但是没有板壁隔开，只拿在左右的两排八仙椅子当作三份人家的界限。所以母亲坐的椅子，背后凌空。若是沙发椅子，三面有柔软的厚壁，凌空原无妨碍。但我家的八仙椅子是木造的，坐板和靠背成九十度角，靠背只是疏疏的几根木条，其高只及人的肩膀。母亲坐着没处搁头，很不安稳。母亲又防椅子的脚摆在泥土上要霉烂,用二三寸高的木子衬在椅子脚下,因此这只八仙椅子特别高,母亲坐上去两脚须得挂空,很不便利。所谓西北角,就是左边最里面的一只椅子。这椅子的里面就是通过退堂的门。退堂里就是灶间。母亲坐在椅子上向里面顾,可以看见灶头。风从里面吹出的时候,烟灰和油气都吹在母亲身上,很不卫生。堂前隔着三四尺阔的一条天井便是墙门。墙外面便是我们的染坊店。母亲坐在椅子里向外面望,可以看见杂沓往来的顾客,听到沸反盈天的市井声,很不清静。但我的母亲一向坐在我家老屋西北角里的这样不安稳,不便利,不卫生,不清静的一只八仙椅子上,眼睛发出严肃的光辉,口角上表出慈爱的笑容。母亲为什么老是坐在这样不舒服的椅子里呢?因为这位子在我家中最为冲要。母亲坐在这位里可以顾到灶上,又可以顾到店里。母亲为要兼顾内外,便顾不到座位的安稳不安稳,便利不便利,卫生不卫生,和清静不清静了。

　　我四岁时,父亲中了举人,同年祖母逝世,父亲丁艰在家,郁郁不乐,以诗酒自娱,不管家事,丁艰终而科举废,父亲就从此隐遁。这期间家事店事,内外都归母亲一人兼理。我从书堂出来,照例走向坐在西北角里的椅子上的母亲的身边,向她讨点东西吃吃。母亲口角上表出亲爱的笑容,伸手除下挂在椅子头顶的"饿杀猫篮",拿起饼饵给我吃;同时眼睛里发出严肃的光辉,给我几句勉励。

　　我九岁的时候,父亲遗下了母亲和我们姐弟六人,薄田数亩和染坊店一间而逝世。我家内外一切责任全部归母亲负担。此后她坐在那椅子上的时间愈加多了。工人们常来坐在里面的凳子上,同母亲谈家事;店伙们常来坐在外面的椅子上,同母亲谈店事；父亲的朋友和亲戚邻人常来坐在对面的椅子上，同母亲交涉或应酬。我从学堂里放假回家，又照例走向西北角里的椅子边，同母亲讨个铜板。有时这四班人同时来到，使得母亲招架不住，于是她用了眼睛的严肃的光辉来命令，警戒，或交涉；同时又用了口角上的慈爱的笑容来劝勉，抚爱，或应酬。当时的我看惯了这种光景，以为母亲是天生成坐在这只椅子上的，而且天生成有四班人向她缠绕不清的。

我十七岁离开母亲，到远方求学。临行的时候，母亲眼睛里发出严肃的光辉，诫告我待人接物求学立身的大道；口角上表出慈爱的笑容，关照我起居饮食一切的细事。她给我准备学费，她给我置备行李，她给我制一罐猪油炒米粉，放在我的网篮里；她给我做一个小线板，上面插两只引线放在我的箱子里，然后送我出门。放假归来的时候，我一进店门，就望见母亲坐在西北角里的八仙椅子上。她欢迎我归家，口角上表出慈爱的笑容，她探问我的学业，眼睛里发出严肃的光辉。晚上她亲自上灶，烧些我所爱吃的菜蔬给我吃，灯下她详询我的学校生活，加以勉励，教训，或责备。

我廿二岁毕业后，赴远方服务，不克依居母亲膝下，唯假期归省。每次归家，依然看见母亲坐在西北角里的椅子上，眼睛里发出严肃的光辉，口角上表出慈爱的笑容。她像贤主一般招待我，又像良师一般教训我。

我三十岁时，弃职归家，读书著述奉母。母亲还是每天坐在西北角里的八仙椅子上，眼睛里发出严肃的光辉，口角上表出慈爱的笑容。只是她的头发已由灰白渐渐转成银白了。

我三十三岁时，母亲逝世。我家老屋西北角里的八仙椅子上，从此不再有我母亲坐着了。然而我每逢看见这只椅子的时候，脑际一定浮出母亲的坐像——眼睛里发出严肃的光辉，口角上表出慈爱的笑容。她是我的母亲，同时又是我的父亲。她以一身任严父兼慈母之职而训诲我抚养我，我从呱呱坠地的时候直到三十三岁，不，直到现在。陶渊明诗云："昔闻长者言，掩耳每不喜。"我也犯这个毛病；我曾经全部接受了母亲的慈爱，但不会全部接受她的训诲。所以现在我每次在想象中瞻望母亲的坐像，对于她口角上的慈爱的笑容觉得十分感谢，对于她眼睛里的严肃的光辉，觉得十分恐惧。这光辉每次给我以深刻的警惕和有力的勉励。

民国廿六（1937）年二月廿八日

名师赏析

回忆母亲的文章由来已多，但丰子恺的这篇回忆文章却显得十分不同。作者遵循记忆中最鲜明的场景，选取"老屋西北角的八仙椅"作为母亲一生的舞台。在这张并不舒服的椅子上，作者用饱含深情的文字，回忆母亲当年同时兼顾家事和店事，主内又治外，应酬接待工人、店伙、父亲的朋友、亲戚邻人，也常常给予我慰勉、训诫和鼓励的往事。

与一般塑造人物不同，作者没有描写人物的某一具体事件，而是围绕八仙椅上的母亲坐像，选用诸多片段来刻画母亲的坚韧与能干、严肃与慈爱，展现了母亲辛劳与不易，从而赞颂母亲的伟大和高尚，抒发了对母亲深深的怀念。

家

廿六（1937）年冬，我仓皇弃家，徒手出奔。所有图书器物，与缘缘堂同归于尽。卅五（1946）年秋胜利还乡，凭吊故居，但见一片草原，上有野生树木高数丈矣。忽有乡亲持一箱来，曰：此缘缘堂被毁前夕代为冒险抢出者，今以归还物主。启视之，书籍，函牍，书稿，文稿，乱杂残缺，半属废物；唯中有原稿一篇题名为"家"者依然完好。读之，十年前事，憬然在目。稿末无年月；但料是"八一三"左右所作，未及发表，委弃于堂中者。此虎口余生，亦足珍惜。遂为加序，付杂志发表。卅六（1947）年六月十日记。

从南京的朋友家里回到南京的旅馆里，又从南京的旅馆里回到杭州的别寓里，又从杭州的别寓里回到石门湾的缘缘堂本宅里，每次起一种感想，逐记如下。

当在南京的朋友家里的时候，我很高兴。因为主人是我的老朋友。我们在少年时代曾经共数晨夕。后来为生活而劳燕分飞，虽然大家形骸老了些，心情冷了些，态度板了些，说话空了些，然而心底里的一点灵火大家还保存着，常在谈话之中互相露示。这使得我们的会晤异常亲热。加之主人的物质生活程度的高低同我的相仿，家庭设备也同我的相似。我平日所需要的：一毛大洋（当时角币有大洋小洋之分：一毛大洋合30个铜板，一毛小洋合25个铜板），一两的茶叶，听头的大美丽香烟，有人供给开水的热水壶，随手可取的牙签，适体的藤椅，光度恰好的小窗，他家里都有，使我坐在他的书房里感觉同坐在自己的书房里相似。加之他的夫人善于招待，对于客人表示真诚的殷勤，而绝无优待的虐待。优待的虐待，是我在作客中常常受到而顶顶可怕的。例如拿了不到半寸长的火柴来为我点香烟，弄得大家仓皇失措，我的胡须几被烧去；把我所不欢喜吃的菜蔬堆在我的饭碗上，使我无法下箸；强夺我的饭碗去添饭，使我吃得停食；藏过我的行囊，使我不得告辞。这种招待，即使出于诚意，在我认为是逐客令，统称之为优待的虐待。这回我所住的人家的夫人，全无此种恶习，但把不缺乏的香烟自来火放在你能自由取得的地方而并不用自来火烧你的胡须；但把精致的菜蔬摆在你能自由夹取的地方，饭桶摆在你能自由添取的地方，而并不勉强你吃；但在你告辞的时光表示诚意的挽留，而并不监禁。这在我认为是最诚意的优待。这使得我非常高兴。英语称勿客气曰 at home（像在家里一样）。我在这主人家里作客，真同 at home 一样，所以非常高兴。

然而这究竟不是我的 home，饭后谈了一会，我惦记起我的旅馆来。我在旅馆，可以自由行住坐卧，可以自由差使我的茶房，可以凭法币之力而自由满足我的要求。比较起受主人家款待的作客生活来，究竟更为自由。我在旅馆要住四五天，比较起一饭就告别的作客生活来，究竟更为永久。因此，主人的书房的屋里虽然布置妥帖,主人的招待虽然殷勤周至,但在我总觉得不安心。所谓"凉亭虽好,不是久居之所"。饭后谈了一会,我就告别回家。这所谓"家",就是我的旅馆。

当我从朋友家回到了旅馆里的时候,觉得很适意。因为这旅馆在各点上是称我心的。第一,它的价钱还便宜,没有大规模的笨相,像形式丑恶而不适坐卧的红木椅,花样难看而火气十足的铜床,工本浩大而不合实用、不堪入目的工艺品,我统称之为大规模的笨相。造出这种笨相来的人,头脑和眼光很短小,而法币很多。像暴发的富翁,无知的巨商,升官发财的军阀,即是其例。要看这种笨相,可以访问他们的家。我的旅馆价既便宜,其设备当然不丰。即使也有笨相——像家具形式的丑恶,房间布置的不妥,壁上装饰的唐突,茶壶茶杯的不可爱——都是小规模的笨相,比较起大规模的笨相来,犹似五十步比百步,终究差好些,至少不使人感觉暴殄天物,冤哉枉也。第二,我的茶房很老实,我回旅馆时不给我脱外衣,我洗面时不给我绞手巾,我吸香烟时不给我擦自来火,我叫他做事时不喊"是——是——"这使我觉得很自由,起居生活同在家里相差不多。因为我家里也有这么老实的一位男工,我就不妨把茶房当作自己的工人。第三,住在旅馆里没有人招待,一切行动都随我意。出门不必对人鞠躬说"再会",归来也没有人同我寒暄。早晨起来不必向人道"早安",晚上就寝的迟早也不受别人的牵累。在朋友家作客,虽然也很安乐,总不及住旅馆的自由:看见他家里的人,总得想出几句话来说说,不好不去睬他。脸孔上即使不必硬作笑容,也总要装得和悦一点,不好对他们板脸孔。板脸孔,好像是一种凶相。但我觉得是最自在最舒服的一种表情。我自己觉得，平日独自闭居在家里的房间里读书、写作的时候，脸孔的表情总是严肃的，极难得有独笑或独乐的时光。若拿这种独居时的表情移用在交际应酬的座上，别人一定当我有所不快，在板脸孔。据我推想，这一定不止我一人如此。最漂亮的交际家，巧言令色之徒，回到自己家里，或房间里，甚或眠床里，也许要用双手揉一揉脸孔，恢复颜面上的表情筋肉的疲劳，然后板着脸孔皱着眉头回想日间的事，考虑明日的战略。可知无论何人，交际应酬中的脸孔多少总有些不自然，其表情筋肉多少总有些儿吃力。最自然，最舒服的，只有板着脸孔独居的时候。所以，我在孤癖发作的时候，觉得住旅馆比在朋友家作客更自在而舒服。

然而，旅馆究竟不是我的家，住了几天，我惦记起我杭州的别寓来。

在那里有我自己的什用器物，有我自己的书籍文具，还有我自己雇请着的工人。比较起借用旅馆的器物，对付旅馆的茶房来，究竟更为自由；比较起小住四五天就离去的旅馆生活来，究竟更为永久。因此，我睡在旅馆的眠床上似觉有些浮动；坐在旅馆的椅子上似觉有些不稳；用旅馆的毛巾似觉有些隔膜。虽然这房间的主权完全属我，我的心底里总有些儿不安。住了四五天，我就算账回家。这所谓家，就是我的别寓。

当我从南京的旅馆回到了杭州的别寓里的时候，觉得很自在。我这几年来在故乡的家里蛰居太久，环境看得厌了，趣味枯乏，心情郁结。就到离家乡还近而花样较多的杭州来暂作一下寓公，借此改换环境，调节趣味。趣味，在我是生活上一种重要的养料，其重要几近于面包。别人都在为了获得面包而牺牲趣味,或者为了堆积法币而抑制趣味。我现在幸而没有走上这两种行径,还可省下半片面包来换得一点趣味。

因此,这寓所犹似我的第二的家。在这里没有作客时的拘束,也没有住旅馆时的不安心。我可以吩咐我的工人做点我所喜欢的家常素菜,夜饭时同放学归来的一子一女共吃。我可以叫我的工人相帮我,把房间的布置改过一下,新一新气象。饭后睡前,我可以开一开蓄音机(唱机),听听新买来的几张蓄音片(唱片)。窗前灯下,我可以在自己的书桌上读我所爱读的书,写我所愿写的稿。月底虽然也要付房钱,但价目远不似旅馆这么贵,买卖式远不及旅馆这么明显。虽然也可以合算每天房钱几角几分,但因每月一付,相隔时间太长,住房子同付房钱就好像不相联关的两件事,或者房钱仿佛白付,而房子仿佛白住。因有此种种情形,我从旅馆回到寓中觉得非常自然。

然而,寓所究竟不是我的本宅。每逢起了倦游的心情的时候,我便惦记起故乡的缘缘堂来。在那里有我故乡的环境,有我关切的亲友,有我自己的房子,有我自己的书斋,有我手种的芭蕉、樱桃和葡萄。比较起租别人的房子,使用简单的器具来,究竟更为自由;比较起暂作借住,随时可以解租的寓公生活来,究竟更为永久。我在寓中每逢要在房屋上略加装修,就觉得要考虑;每逢要在庭中种些植物,也觉得不安心,因而思念起故乡的家来。牺牲这些装修和植物,倒还在其次;能否长久享用这些设备,却是我所顾虑的。我睡在寓中的床上虽然没有感觉像旅馆里那样浮动,坐在寓中的椅上虽然没有感觉像旅馆里那样不稳,但觉得这些家具在寓中只是摆在地板上的,没有像家里的东西那样固定得同生根一般。这种倦游的心情强盛起来，我就离寓返家。这所谓家，才是我的本宅。

　　当我从别寓回到了本宅的时候，觉得很安心。主人回来了，芭蕉鞠躬，樱桃点头，葡萄棚上特地飘下几张叶子来表示欢迎。两个小儿女跑来牵我的衣，老仆忙着打扫房间。老妻忙着烧素菜，故乡的臭豆腐干，故乡的冬菜，故乡的红米饭。窗外有故乡的天空，门外有打着石门湾土白的行人，这些行人差不多个个是认识的。还有各种小贩的叫卖声，这些叫卖声在我统统是稔熟的。我仿佛从飘摇的舟中登上了陆，如今脚踏实地了。这里是我的最自由，最永久的本宅，我的归宿之处，我的家。我从寓中回到家中，觉得非常安心。

　　但到了夜深人静，我躺在床上回味上述的种种感想的时候，又不安心起来。我觉得这里仍不是我的真的本宅，仍不是我的真的归宿之处，仍不是我的真的家。四大的暂时结合而形成我这身体，无始以来种种因缘相凑合而使我诞生在这地方。偶然的呢，还是非偶然的？若是偶然的，我又何恋恋于这虚幻的身和地？若是非偶然的，谁是造物主呢？我须得寻着了他，向他那里去找求我的真的本宅，真的归宿之处，真的家。这样一想，我现在是负着四大暂时结合的躯壳，而在无始以来种种因缘凑合而成的地方暂住，我是无"家"可归的。既然无"家"可归，就不妨到处为"家"。上述的屡次的不安心，都是我的妄念所生。想到那里，我很安心地睡着了。

廿五（1936）年十月廿八日

名师赏析

对于国人来说,"家"是个无比重要的存在,"此心归处是吾乡",只有真正的心安之处才是"家"。

文章先后描述了在四处居所的内心感受:在朋友家,有诚意的优待、无优待的虐待;在旅馆,价钱便宜、茶房老实、一切随意;在别寓,别有趣味、自由安排、没有拘束不安;在缘缘堂,一切都亲切熟悉,"固定得像生根一般"。以每一处都比前一处"究竟更为自由,究竟更为永久",层层推进,最后话锋一转探讨夜深人静后的真正本家、真正归宿,即心灵皈依处,表达作者对人生究竟的深沉思索。同时,作者在结尾处所阐发的"四大暂合""因缘暂住",还须向内探得本源,更引发了对于更高精神层面的思索与探讨。

晚餐的转调①

晚餐时发生异样的感觉。

过去的半年中,姐姐常在城里的中学校里做住宿生,家里的食桌上总是爸爸姆妈和我三人。我吃饭时左顾右盼,一定看见姆妈的和悦的脸孔和爸爸的笑颜,半年来已经看得很惯了。今晚坐到食桌上,抬头一看,光景忽然异样:姆妈的脸孔忽然不见;却出现了姐姐的齐整而饱满的面庞。原来今天学校开始放寒假,但姐姐于下午从学校回来而姆妈被隔壁三娘娘家邀去吃对亲酒②了。因此晚餐桌上的光景忽然一变,使我发生异样的感觉。

感觉上有什么异样?说也说不清楚。但觉得以前的座上比现在热闹,因为爸爸姆妈两个大人都在座,而且姆妈是欢喜说笑的。又觉得现在的座上比以前更幽静,因为我和姐姐都是小孩,而且姐姐向来是温和沉静的。我不期地把这感觉说了出来:"少了一个姆妈,多了一个姐姐,我觉得今天的晚餐很异样。"

姐姐接着说:"长调(大调)转了短调(小调),感觉当然异样了。"

---

① 本篇原载《新少年》1937年1月25日第3卷第2期。

② 对亲酒,意即订婚酒。

我忽然忆起了阳历年假中的比喻:"爸爸是 do,姆妈是 sol,姐姐是 la,我是 mi。"姐姐说"长调转了短调",一定和这话有关。照这比喻说,以前的晚餐座上的三人是 do,mi,sol,现在的晚餐座上的三人是 la,do,mi。长调和短调的分别,一定在这上面了。我就问姐姐:"你说长调变了短调,就是说 do,mi,sol 变了 la,do,mi 么?我们的先生也讲过,可是我还分不清楚。为什么 do,mi,sol 是长调,la,do,mi 是短调,你现在能简明地告诉我么?姐姐!"

姐姐在爸爸面前很谦虚,侧着头笑道:"我也不大讲得清楚,但知道常用 do,mi,sol 三字的是长调的乐曲,常用 la,do,mi 三字的是短调的乐曲。为什么叫作长调短调,你问爸爸吧。"

爸爸不等我发问,笑着说道:"你们把我比作 do,把你姆妈比作 sol,把你们两人比作 la 和 mi,倒是很确切而有趣的比喻!音阶中有七个音,那么还有三个音用什么比方呢?"

我和姐姐一同抢着说:"徐妈是 fa,阿四是 re,管门的王老公公是 si!我们是音乐的家庭!"

爸爸听了,笑得几乎喷饭。我就再问:"为什么 do,mi,sol 是长调,la,do,mi 是短调?"

爸爸说:"do,re,mi,fa,sol,la,si 叫作长音阶(大音阶),用长音阶作曲的乐曲,叫作长调乐曲。la,si,do,re,mi,fa,sol,叫作短音阶(小音阶)。用短音阶作曲的乐曲,叫作短调乐曲,一个音乐里最常用的,是第一,第三,第五的三个音。所以 do,mi,sol 是长音阶中最常用的音,可以代表长调;la,do,mi 是短音阶中最常用的音,可以代表短调。你吃完了饭可以试唱一遍看：唱 do，mi，sol，do（把第一音重复），感觉热闹而力强，正像你姆妈在家时一样；唱 la，do，mi，la，感觉幽静而柔弱，正像你姆妈换了你姐姐一样。"

我不等吃完饭，就唱起来："do——mi——sol——do——""la——do——mi——la——"真奇怪，前者感觉得阳气腾腾地热闹，后者感觉得阴风惨惨地沉静。后者所不同者，就是 sol 字换了 la 字，姆妈换了姐姐。我忽然想出一种解说，自言自语地说道："嘎！我知道了。姆妈的身体比姐姐长，所以有姆妈的叫作长音阶，有姐姐的叫作短音阶。"爸爸和姐姐听了都笑起来。我自己想想也觉得好笑。接着我就问："不然，为什么用长短两字来分别呢？"

爸爸正在赶紧地吃饭，暂时不响。姐姐怀疑似的轻轻说道："这是长三度（大三度）和短三度（小三度）的区别吧？"说着看爸爸的脸孔。爸爸吃完了一碗饭，点点头说："到底姐姐说得不错。这是长三度和短三度的区别。什么叫作长三度和短三度？恐怕你还不知道。吃过了饭我教你。"

我连忙伸手接了爸爸的饭碗，说道："我同你添饭，你现在就教我好么？"他笑着答应了，继续说道："你知道么，一个音阶里有七个音，每两个音之间的距离不等。从 mi 到 fa，从 si 到 do，这两处的距离特别短，叫作'半音'，其余的叫作'全音'。故一个音阶是由五个'全音'和两个'半音'造成的。所谓'度'，就是从一个音到另一个音所经过的字数。例如从 do 到 re，经过两个字，叫作二度；从 do 到 mi，经过三个字，叫作三度；其余不必细说。二度有两种：相距一个'全音'的，叫作'长二度'，例如 do 到 re 便是。相距一个'半音'的，叫作

'短二度',例如 mi 到 fa 便是。三度也有两种:相距两个'全音'的,叫作'长三度',例如 do 到 mi 便是。相距一个'全音'和一个'半音'的,叫作'短三度',例如 la 到 do 便是。故长音阶就是第一音(do)与第三音(mi)之间为长三度的音阶,短音阶就是第一音(la)与第三音(do)之间为短三度的音阶。你懂了么?"爸爸说过之后赶快吃饭。

我一面吃饭,一面回想爸爸的话,觉得很有兴味,原来长短音阶的名称是这样来的。我又自言自语地说道:"那么从爸爸到我是长三度,从姐姐到爸爸是短三度。"姐姐道:"还有从你到我,从爸爸到姆妈,是什么呢?你可不知道了!"

我想不出来,对爸爸看。爸爸放下了饭碗,说:"索性统统教了你吧。四度也有两种:相隔两个'全音'和一个'半音'的,叫作'完全四度',例如 do 到 fa,又如 mi 到 la(姐姐在这里加以注解道:'就是从你到我')便是。比'完全四度'增多一个'半音',相距三个'全音'的,叫作'增四度',例如 fa 到 si 便是。五度也有两种:相距三个'全音'和一个'半音'的,叫作'完全五度',例如 do 到 sol(姐姐道:'就是从爸爸到姆妈')便是。比'完全五度'减少一个'半音',相距两个'全音'和两个'半音'的,叫作'减五度',例如 si 到 fa 便是。六度也有两种:相距四个'全音'和一个'半音'的,叫作'长六度',例如 do 到 la 便是。相距三个'全音'和两个'半音'的,叫作'短六度'。七度也有两种:相距五个'全音'和一个'半音'的,叫作'长七度',例如 do 到 si 便是。相距四个'全音'和两个'半音'的,叫作'短七度'。八度只有一种,含有五个'全音'和两个'半音',叫作'完全八度',例如 do 到 do 便是。"

讲到这里，姆妈回来了。姐姐刚吃好饭，立起身来，拉姆妈坐在她所坐过的凳上，说道："好，好，短调又转长调了！"姆妈弄得莫名其妙，我们管自好笑。姆妈也管自同爸爸讲三娘娘家对亲的事情了。

名师赏析

这是一篇以儿童口吻讲述音乐乐理的科普性文章。作者以"晚餐的转调"设置了一个轻松舒适的生活化场景，假借一家人晚餐吃饭时因桌上人员的变动导致"异样感觉"，以"长调转了短调"的戏言激发好奇和追问，从爸爸、姐姐、我的对话中深入浅出地阐述了音乐乐理知识，让读者在故事中不经意地学习到音乐专业概念。

巧妙的比喻是本文的一大特色。作者将生活比作音乐，将家中不同性格的人比作不同的音符，这就让原本枯燥难懂的乐理知识形象化。同时，文中"家人围坐谈音乐"的生活场景，不但展现了一种其乐融融的天伦之乐，也营造出一种温馨随性的教育氛围，传达了"生活即音乐、音乐即生活"的潜移默化式的教育理念。

竹　影①

　　这一天我很不快活，又很快活。所不快活的，这是五卅国耻纪念，说起"五卅"这两个字，一副凶恶的脸孔和一堆鲜红的血立刻出现在我的脑际，不快之念随之而生。所快活的，这是星期六，晚饭后可以任意游乐，没有明天的功课催我就寝。况且早上我听见弟弟和华明打过"电报"：弟弟对他说"今——放——后，你——我——玩"，华明回答他说"放——后——行，吃——夜——后，我——你——玩"。他们常用这种的简略话当作暗号，称之为"打电报"，但我一听就懂得他们的意思：弟弟对他说的是"今天放学后，你到我家玩"，华明回答的是"放学后不行，吃过夜饭后，我到你家玩"。华明本来是很会闹架儿的一个人。近来不知怎样一来，把闹架儿的工夫改用在玩意儿上了，和我们非常亲热。我们种种有趣的玩意儿，没有他参加几乎不能成行。这一天吃过夜饭后他来我家玩，我知道一定又有什么花头。星期六的晚上，两三个亲热的同学聚会在一起，这是何等快活的事！

　　暑气和沉闷伴着了"五卅"来到人间。吃过晚饭后，天气还是闷热。窗子完全开开了，房间里还坐不牢。太阳虽已落山，

---

① 本篇原载《新少年》1936年5月25日第1卷第10期。

天还没有黑。一种幽暗的光弥漫在窗际，仿佛电影中的一幕。我和弟弟就搬了藤椅子，到屋后的院子里去乘凉。同时关照徐妈，华明来了请他到院子里来。

我们搬三只藤椅子，放在院角的竹林里，两只自己坐了，空着一只待华明来坐。天空好像一盏乏了油的灯，红光渐渐地减弱。我把眼睛守定西天看了一会，看见那光一跳一跳地沉下去，非常微细，但又非常迅速而不可挽救。正在看得出神，似觉眼梢头另有一种微光，渐渐地在那里强起来。回头一看，原来月亮已在东天的竹叶中间放出她的清光。院子里的光景已由暖色变成寒色，由长音阶（大音阶）变成短音阶（小音阶）了。门口一个黑影出现，好像一只立起的青蛙儿，向我们跳将过来。来的是华明。

"你们惬意得很！这椅子给我坐的？"他不待我们回答，一屁股坐在藤椅上，剧烈地摇他的两脚。他的椅子背所靠着的那根竹，跟了他的动作而发抖，上面的竹叶作出潇潇的声音来。这引动了三人的眼，大家仰起头来向天空看。月亮已经升得很高，隐在一丛竹叶中。竹叶的摇动把她切成许多不规则的小块，闪烁地映入我们的眼中。大家赞美了一番之后，弟弟说："可耻的五卅快过去了！"华明说："可爱的星期日快来到了！"我说："可爱的星期六晚上已经在这里了！我们今晚干些什么呢？"弟弟说："我们谈天吧。我先有一个问题给你们猜：细看月亮光底下的人影，头上出烟气。这是什么道理？"我和华明都不相信，于是大家走出竹林外，蹲下来看水门汀上的人影。我看了好久，果然看见头上有一缕一缕的细烟，好像漫画里所描写的动怒的人。"是口里的热气吧？""是头上的汗水在那里蒸发吧?"大家蹲在地上争论了一会,没有解决。华明的注意力却转向了别处;他从身边摸出一支半寸长的铅笔来,在水门汀上热心地描写自己的影。描好了,立起来一看,真像一只青蛙,他自己看了也要笑。徘徊之间,我们同时发见了映在水门汀上的竹叶的影子,同声地叫起来:"啊!好看啊!中国画!"华明就拿半寸长的铅笔去描。弟弟手痒起来,连忙跑进屋里去拿铅笔。我学他的口头禅喊他:"对起,对起,给我也带一支来!"不久他拿了一把木炭来分送我们。华明就收藏了他那半寸长的法宝,改用木炭来描。大家蹲下去,用木炭在水门汀上参参差差地描出许多竹叶来。一面谈着:"这一枝很像校长先生房间里的横幅呢!""这一丛很像我家堂前的立轴呢!""这是《芥子园画谱》里的!""这是吴昌硕的!"忽然一个大人的声音在我们头上慢慢地响出来:"这是管夫人的!"大家吃了一惊,立起身来,看见爸爸反背着手立在水门汀旁的草地上看我们描竹,他明明是来得很久了。华明难为情似的站了起来,把拿木炭的手藏在背后,似乎恐防爸爸责备他弄脏了我家的水门汀。爸爸似乎很理解他的意思,立刻对着他说道:"谁想出来的?这画法真好玩呢!我也来描几瓣看。"弟弟连忙拣木炭给他。爸爸也蹲在地上描竹叶了,这时候华明方才放心,我们也更加高兴,一边描,一边拿许多话问爸爸:"管夫人是谁?""她是一位善于画竹的女画家。她的丈夫名叫赵子昂,是一位善于画马的男画家。他们是元朝人,是中国很有名的两大夫妻画家。"

"马的确难画,竹有什么难画呢?照我们现在这种描法,岂不很容易又很好看吗?""容易固然容易;但是这么'依样画葫芦'，终究缺乏画意，不过好玩罢了。画竹不是照真竹一样描，须经过选择和布置。画家选择竹的最好看的姿态，巧妙地布置在纸上，然后成为竹的名画。这选择和布置很困难，并不比画马容易。画马的困难在于马本身上，画竹的困难在于竹叶的结合上。粗看竹画，好像只是墨笔的乱撇，其实竹叶的方向，疏密，浓淡，肥瘦，以及集合的形体，都要讲究。所以在中国画法上，竹是一专门部分。平生专门研究画竹的画家也有。"

"竹为什么不用绿颜料来画，而常用墨笔来画呢？用绿颜料撇竹叶，不更像吗？""中国画不注重'像不像'，不同西洋画那么画得同真物一样。凡画一物，只要能表出像我们闭目回想时所见的一种神气，就是佳作了。所以西洋画像照相，中国画像符号。符号只要用墨笔就够了。原来墨是很好的一种颜料。它是红黄蓝三原色等量混合而成的。故墨画中看似只有一色，其实包罗三原色，即包罗世界上所有的颜色。故墨画在中国画中是很高贵的一种画法。故用墨来画竹，是最正当的。倘然用了绿颜料，就因为太像实物，反而失却神气。所以中国画家不欢喜用绿颜料画竹；反之，却欢喜用与绿相反对的红色来画竹。这叫作'朱竹'，是用笔蘸了朱砂来撇的。你想，世界上哪有红色的竹？但这时候画家所描的，实在已经不是竹，只是竹的一种美的姿势，一种活的神气，所以不妨用红色来描。"爸爸说到这里，丢了手中的木炭，立起身来结束地说："中国画大都如此。我们对中国画应该都取这样的看法。"

月亮渐渐升高来，竹影渐渐与地上描着的木炭线相分离，现出参差不齐的样子来，好像脱了版的印刷。夜渐深了，华明就告辞。"明天日里头（日里头，即白天。）来看这地上描着的影子,一定更好看。但希望天不要落雨,洗去了我们的'墨竹',大家明天会!"他说着就出去了。我们送他出门。我回到堂前,看见中堂挂着的立轴——吴昌硕描的墨竹——似觉更有意味。那些竹叶的方向,疏密,浓淡,肥瘦,以及集合的形体,似乎都有意义,表出着一种美的姿态,一种活的神气。

名师赏析

本文是一篇谈论中国画意韵美的艺术文章。文章以几个小伙伴月夜描画水门汀上竹叶的影子为开端,引出爸爸对中国画尤其是竹画的画法的讲述,特别强调了竹画在竹叶方向、浓密、疏淡、肥瘦、集合的形体以及用色等方面的艺术讲究,点出了中国画注重"美的姿态,活的神气"的内在审美和高雅意韵,表达了对祖国传统艺术的热爱和赞美。

文中还多处运用对比手法,以画竹与画马对比,以墨笔与朱笔对比,以西洋画与中国画对比,进而突出了以画竹为代表的中国画"重神韵而轻形似"的审美追求,也从侧面反映了中国文化的魅力所在,是一篇绝佳的艺术启蒙文章。

爸爸的扇子[1]

从烧野火饭这一天——立夏日——起,爸爸手里拿了一把折扇。虽然一个月来天气很冷,有几天他还穿棉袍子;但是这把扇子难得离开他的手。我们每天放学回家,看见他总是读着扇子上的字画,在院中徘徊。因为这正是他每天著述工作完毕而开始休息的时候,而他的休息时间娱乐法,最近已由种花种菜改变为读扇与院中散步了。

这曾经使得徐妈奇怪。她有一次对我说:"你爸爸每天看那把扇子,看了这多天还看不厌,真耐烦呢!"我笑起来。原来她没有知道,爸爸有一藤篮的折扇,据姆妈说,大约共有一百多把。这是他历年请人书画,积收起来的。每年立夏过后,他就用扇,一两天掉换一把。徐妈不知道这一点,以为他看的老是这一把,所以奇怪起来。我把这情形告诉了她,她更加奇怪了。"咦!一个人有一百多把扇子,好开爿扇子店了!扇子店里也拿不出这许多呢!"

姆妈对于他这点特癖,也常表示不赞成。娘舅家的叶心哥哥入中学时,姆妈向藤篮里拣扇子,对爸爸说:"你一个人也用不得这许多扇子。叶心很爱好字画,拣一把没有款识的送他作

---

[1] 本篇原载《新少年》1936年6月10日第1卷第11期。

为入中学的纪念品吧。"但是爸爸不肯,反抗地说:"我的扇子都有印子,都有年代,而且每一把可以引起对于一书一画的两个朋友的怀念,怎么好拿去送人?你要送叶心,我自己画一把送他吧。倒比送现成的来得诚意。"以后他就把盛扇子的藤篮藏好。因此我们难得看见爸爸的扇子。最近他虽然天天拿着扇子,我们也只看见他拿着扇子而已,没有机会去细看他扇子上写着的字和描着的花。

今天放学回家后,弟弟从便所出来,笑嘻嘻地告诉我说:"爸爸的一件宝贝落在我手里了。你看!"他拿出一把扇子来。我接过来一看,正是这几天爸爸手里常常拿着的一把。料想这一定是爸爸遗忘在便所里的。弟弟说:"我们暂时不要还他。等他找的时候,要他讲个故事来交换!"我很赞成。同时我想:"爸爸天天捧着扇子在院子里踱来踱去地看,究竟扇子上有些什么花样?现在让我仔细看它一看。"但见一面写着字,全是草书,一个也识不得,一面描着画,有山,有树木,山间有一间房子,房子的窗洞里面有一个人,驼着背脊,伸着头颈,好像一只猢狲,看了令人觉得可笑。别的东西也都奇怪:那山好像草柴堆,一条一条的皱纹非常显著。那树木好像玩具,上面的树叶子寥寥数张,可以数得清楚。那房子小得很,只有一个窗洞,窗洞中只容一个人。而且孤零零的,旁边没有邻居,前后左右只是山和树。我不禁代替那猢狲似的人着急:设想到了晚上,暴风雨把这房子吹倒了,豺狼虎豹来吃这人了,喊"地方救命"①也没人答应。细看这环境里,全是荒山丛林,没有种米的田,种菜的地,不知这人吃些什么过活?这总是爸爸的朋友

---

① 意即喊附近一带地方上的人来救命。

中的某一位画家所描的,不知这位画家为什么选择这样的光景来描在爸爸的扇子上?难道他自己欢喜住在这样的地方的?不然,难道是爸爸欢喜住在这种地方,特地请他这样描的?我心中诧异得很,就把这感想告诉弟弟。弟弟说:"上面有字呢。你看他怎么说的?"我把扇子左角上题着的两句诗念出来:"闲坐小窗读《周易》,不知春去几多时。"《周易》我知道的,是中国很古的、又很难读的一部古书,就对弟弟说:"啊,原来这人住在这荒山中读古书,读得连日子都忘记,春去了几多时也不晓得呢!"弟弟说:"前天我们班里的陈金明在日记簿子上写错了日子,先生骂他'糊涂'。这人连春去了几多时也不晓得,真是糊涂透顶了!"他想了一想,又自言自语地说:"扇子上为什么描这样的画,又题这样的诗?这有什么好处呢?"

外面有爸爸懊恼的声音:"到哪里去了?我明明记得放在便所里的脸盆架上的,怎么寻破了天也不见……"弟弟向我缩缩头颈,伸伸舌头,拿了扇子就走,我也跟他出去。弟弟把扇子藏在背后,对爸爸说:"爸爸找扇子么?我能给你寻着,倘你肯讲个故事给我们听。"爸爸知道他的花样,一面拉着他搜索,一面笑着说:"你还了我扇子,晚上讲故事给你听。"弟弟背后的扇子就被他搜去。他把扇子展开来反复细看,看见没有损坏,才表示放心。我乘机把关于画的怀疑质问他:"为什么他给你画上一个住在可怕的荒山里,而糊涂得连日子都忘记的人在扇子上?"爸爸笑一笑说:"这原是过去时代的大人所欢喜的画,你们当然不会欢喜,也不应该欢喜。"我更奇怪了,接着又问:"过去的大人为什么欢喜这个呢?"爸爸坐在藤椅上了,兴味津津地告诉我这样的话:

"中国古时，人口没有现今这么多，交通没有现今这么便利，事务没有现今这么忙，因此人的生活很安闲，种田吃饭，织布穿衣之外，可以从容地游山玩水。有的人终年住在山水间，平安地过着清静的生活。但这是远古时代的情形了。到后来，世间渐渐混乱，事务渐渐繁忙，人的生活已不容那么安闲。但是中国人有一种特别的脾气，就是'好古'。对于无论什么东西，总以为现在的坏，古代的好。于是生在繁忙时代的人极口赞美古代的清静生活，一心想回转去做古人才好。这梦想就在他们的画里表现出来。在京里做官的画家，偏偏喜画寒江上钓鱼一类的隐居生活；住在闹市里的画家，偏偏喜画荒山中读古书一类的清闲生活，山水画得越荒越好，人物画得越闲越好。"他指点他的扇子继续说："于是产生了这样的没有邻侣，没有粮食，不怕风雨，不怕虎狼，而忘记了日子的荒山读《易》图。这原是不近人情的，但在他们看来，越不近人情越好。"说到这里他讥讽地笑起来。接着又认真地说："可是现在这种画不能使多数人欢喜了。因为现在这时代交通这么便，生存竞争这么烈，人生的灾难这么多，人们渐渐知道做过去的梦，无济于事；对于描写过去的闲静生活的画，也就减却了兴味。你们是现代人，在学校里受着现代人的教育，所以你们不会欢喜这种画，也不应该欢喜这种画。不但你们，就是我，对于这种画也不能发生切身的兴味。只是这把扇是三十年前的旧物，我把它当作纪念品看待，当作古董赏玩罢了。"爸爸折叠了扇子，立起身来，用了另一种兴味津津的语调继续说："扇面是中国特有的一种绘画呢！要在弧形的框子里构一幅美观的图，倒是一件很不容易而很有趣味的事呢！其实画扇面不必依照古法，老是画些山水花卉，西洋画风的现代生活的题材，也可巧妙地装进弧形的构图中去。你们不妨试描描看，很有趣味的。"夜饭的碗筷已经摆在桌上。爸爸说过后捧了他的宝贝回进书室去，预先把它藏好了再来吃夜饭。我对于他最后的几句话觉得很有兴味。预备去买一张扇面来试描一下看。

名师赏析

爸爸爱扇子、收藏扇子、研究扇子。本文却以一次丢扇、寻扇为契机，以爸爸讲述扇面上的故事为切口，引出对扇面题字和绘画的文化解读，折射出中国文人崇尚隐居避世、遗世独立的精神传统，表达对古人的追慕和对高洁傲岸精神的追求。

文中对扇面图画的细节描述非常生动，以儿童的心理和思维、从现实的角度去看待扇面绘画，体现的是世俗和实用；而以爸爸的口吻、从精神的角度解读扇面绘画的文化意义，代表的则是高雅和艺术，两相对比之下，中华传统文化的精神内核就表露无遗了。

扇子是中国文人特有的饰物，扇面题字、款识、构图绘画等均能体现一个人的精神境界和生活品位，与之相似的还有文房四宝、琴棋书画、金石印章等物件。文章借助于扇子这个道具，还传达出中国文人内在的一种价值追求，所以，本文与其说是一篇谈论绘画的生活文章，不如说更是一篇关于精神修养的文艺小品。

美与同情

有一个儿童,他走进我的房间里,便给我整理东西。他看见我的挂表的面合复在桌子上,给我翻转来。看见我的茶杯放在茶壶的环子后面,给我移到口子前面来。看见我床底下的鞋子一顺一倒,给我掉转来。看见我壁上的立幅的绳子拖出在前面,搬了凳子,给我藏到后面去。我谢他:

"哥儿,你这样勤勉地给我收拾!"

他回答我说:

"不是,因为我看了那种样子,心情很不安适。"是的,他曾说:"挂表的面合复在桌子上,看它何等气闷!""茶杯躲在它母亲的背后,教它怎样吃奶奶?""鞋子一顺一倒,教它们怎样谈话?""立幅的辫子拖在前面,像一个鸦片鬼。"我实在钦佩这哥儿同情心的丰富。从此我也着实留意于东西的位置,体谅东西的安适了。它们的位置安适,我们看了心情也安适。于是我恍然悟到,这就是美的心境,就是文学的描写中所常用的手法,就是绘画的构图上所经营的问题。这都是同情心的发展。普通人的同情只能及于同类的人,或至多及于动物,但艺术家的同情非常深广,与天地造化之心同样深广,能普及于有情、非有情的一切物类。

我次日到高中艺术科上课，就对他们作这样的一番讲话：

世间的物有各种方面，各人所见的方面不同。譬如一株树，在博物家，在园丁，在木匠，在画家，所见各人不同。博物家见其性状，园丁见其生息，木匠见其材料，画家见其姿态。

但画家所见的，与前三者又根本不同。前三者都有目的，都想起树的因果关系，画家只是欣赏目前的树本身的姿态，而别无目的。所以画家所见的方面，是形式的方面，不是实用的方面。换言之，是美的世界，不是真善的世界。美的世界中的价值标准，与真善的世界中全然不同，我们仅就事物的形状、色彩、姿态而欣赏，更不顾问其实用方面的价值了。

所以，一枝枯木，一块怪石，在实用上全无价值，而在中国画家是很好的题材。无名的野花，在诗人的眼中异常美丽。故艺术家所见的世界，可说是一视同仁的世界，平等的世界。艺术家的心，对于世间一切事物都给以热诚的同情。

故普通世间的价值与阶级，入了画中便全部撤销了。画家把自己的心移入于儿童的天真的姿态中而描写儿童，又同样地把自己的心移入于乞丐的病苦的表情中而描写乞丐。画家的心，必常与所描写的对象相共鸣共感，共悲共喜，共泣共笑。倘不具备这种深广的同情心，而徒事手指的刻画，决不能成为真的画家。即使他能描画，所描的至多仅抵一幅照的相。

画家须有这种深广的同情心，故同时又非有丰富而充实的精神力不可。倘其伟大不足与英雄相共鸣，便不能描写英雄；倘其柔婉不足与少女相共鸣，便不能描写少女。故大艺术家必是大人格者。

艺术家的同情心，不但及于同类的人物而已，又普遍地及于一切生物、无生物。犬马花草，在美的世界中均是有灵魂而能泣能笑的活物了。诗人常常听见子规的啼血，秋虫的促织，看见桃花的笑东风，蝴蝶的送春归。用实用的头脑看来，这些都是诗人的疯话。其实我们倘能身入美的世界中，而推广其同情心，及于万物，就能切实地感到这些情景了。画家与诗人是同样的，不过画家注重其形式姿态的方面而已。没有体得龙马的活力，不能画龙马；没有体得松柏的劲秀，不能画松柏。中国古来的画家都有这样的明训。西洋画何独不然？我们画家描一个花瓶，必其心移入于花瓶中，自己化作花瓶，体得花瓶的力，方能表现花瓶的精神。我们的心要能与朝阳的光芒一同放射，方能描写朝阳；能与海波的曲线一同跳舞，方能描写海波。这正是"物我一体"的境涯，万物皆备于艺术家的心中。

为了要有这点深广的同情心，故中国画家作画时先要焚香默坐，涵养精神，然后和墨押纸，从事表现。其实西洋画家也需要这种修养，不过不曾明言这种形式而已。不但如此，普通的人，对于事物的形色姿态，多少必有一点共鸣共感的天性。房屋的布置装饰，器具的形状色彩，所以要求其美观者，就是为了要适应天性的缘故。眼前所见的都是美的形色，我们的心就与之共感而觉得快适；反之，眼前所见的都是丑恶的形色，我们的心也就与之共感而觉得不快。不过共感的程度有深浅高下不同而已。对于形色的世界全无共感的人，世间恐怕没有；有之，必是天资极陋的人，或理智的奴隶，那些真是所谓"无情"的人了。

在这里我们不得不赞美儿童了。因为儿童大都是最富于同情的。且其同情不但及于人类，又自然地及于猫犬、花草、鸟蝶、鱼虫、玩具等一切事物，他们认真地对猫犬说话，认真地和花接吻，认真地和人像（doll）玩耍，其心比艺术家的心真切而自然得多！他们往往能注意大人们所不能注意的事，发现大人们所不能发现的点。所以儿童的本质是艺术的。

换言之，即人类本来是艺术的，本来是富于同情的。只因长大起来受了世智的压迫，把这点心灵阻碍或消磨了。唯有聪明的人，能不屈不挠，外部即使饱受压迫，而内部仍旧保藏着这点可贵的心。这种人就是艺术家。

西洋艺术论者论艺术的心理，有"感情移入"之说。所谓感情移入，就是说我们对于美的自然或艺术品，能把自己的感情移入于其中，没入于其中，与之共鸣共感，这时候就经验到美的滋味。我们又可知这种自我没入的行为，在儿童的生活中为最多。他们往往把兴趣深深地没入在游戏中，而忘却自身的饥寒与疲劳。《圣经》中说："你们不像小孩子，便不得进入天国。"小孩子真是人生的黄金时代！我们的黄金时代虽然已经过去，但我们可以因了艺术的修养而重新面见这幸福、仁爱而和平的世界。

一九二九年九月八日

名师赏析

艺术表现的是"美"，非实用价值的纯然"美"，而这份

"美"由艺术家的普遍"同情"产生，与物共感共鸣、共悲共喜、共泣共笑，这是"美与同情"的关系。

文章从生活中物品摆放位置的美感源于对物的同情这一细节，引申出艺术家看待一切物的"美的心境"这个话题，进而以"美的心境由同情心发展而来"，详细阐述了艺术世界中，万物不唯实用、艺术家只见其"美"的价值追求，点明一个真正艺术家的修养需要具备对一切物的深广同情和丰富充实的精神力。

全文始终围绕"美与同情"层层推进，恰当的举例、形象的比喻、优美的语言、透彻的说理使得这篇艺术论并不难懂。文中展现的不仅是艺术的方法论，更是人生的价值观，激发读者重新思考对待生活中一切人事物的态度和眼光，也是作者的写作深意之一。

图画与人生

我今天所要讲的，是"图画与人生"。就是图画对人有什么用处，就是做人为什么要描图画，就是图画同人生有什么关系。

这问题其实很容易解说：图画是给人看看的。人为了要看看，所以描图画。图画同人生的关系，就只是"看看"。

"看看"，好像是很不重要的一件事，其实同衣食住行四大事一样重要。这不是我在这里说大话，你只要问你自己的眼睛，便知道。眼睛这件东西，实在很奇怪：看来好像不要吃饭，不要穿衣，不要住房子，不要乘火车，其实对于衣食住行四大事，它都有份，都要干涉。人皆以为嘴巴要吃，身体要穿，人生为衣食而奔走，其实眼睛也要吃，也要穿，还有种种要求，比嘴巴和身体更难服侍呢。

所以要讲图画同人生的关系，先要知道眼睛的脾气。我们可拿眼睛来同嘴巴比较：眼睛和嘴巴，有相同的地方，有相异的地方，又有相关联的地方。

相同的地方在哪里呢？我们用嘴巴吃食物，可以营养肉体，我们用眼睛看美景，可以营养精神。——营养这一点是相同的。譬如看见一片美丽的风景，心里觉得愉快，看见一张美丽的图画，心里觉得欢喜。这都是营养精神的。所以我们可以说：嘴巴是肉体的嘴巴，眼睛是精神的嘴巴——二者同是吸收养料的器官。

相异的地方在哪里呢？嘴巴的辨别滋味，不必练习。无论哪一个人，只要是生嘴巴的，都能知道滋味的好坏，不必请先生教。所以学校里没有"吃东西"这一项科目。反之，眼睛的辨别美丑，即眼睛的美术鉴赏力，必须经过练习，方才能够进步。所以学校里要特设"图画"这一项科目，用以训练学生的眼睛。眼睛和嘴巴的相异，就在要练习和不要练习这一点上。譬如现在有一桌好菜蔬，都是山珍海味。请一位大艺术家和一位小学生同吃，他们一样地晓得好吃。反之，倘看一幅名画，请大艺术家看，他能完全懂得它的好处。请小学生看，就不能完全懂得，或者莫名其妙。可见嘴巴不要练习，而眼睛必须练习。所以嘴巴的味觉，称为"下等感觉"；眼睛的视觉，称为"高等感觉"。

相关联的地方在哪里呢？原来我们吃东西，不仅用嘴巴，同时又兼用眼睛。所以烧一碗菜，油盐酱醋要配得好吃，同时这碗菜的样子也要装得好看。倘使乱七八糟地装一下，即使滋味没有变，但是我们看了心中不快，吃起来滋味也就差一点。反转来说，食物的滋味并不很好，倘使装潢得好看，我们见了，心中先起快感，吃起来滋味也就好一点。学校里的厨房司务很懂得这个道理。他们做饭菜要偷工减料，常把形式装得很好看。风吹得动的几片肉，盖在白菜面上，排成图案形。两三个铜板一斤的萝卜，切成几何形体，装在高脚碗里，看去好像一盘金刚石。学生走到饭厅，先用眼睛来吃，觉得很好。随后用嘴巴

149

来吃，也就觉得还好。倘使厨房司务不懂得装菜的方法，各地的学校恐怕天天要闹一次饭厅呢。外国人尤其精通这个方法。洋式的糖果，作种种形式，又用五色纸，金银纸来包裹。拿这种糖请盲子吃，味道一定很平常。但请亮子吃，味道就好得多。因为眼睛相帮嘴巴在那里吃，故形式好看的，滋味也就觉得好吃些。

眼睛不但和嘴巴相关联，又和其他一切感觉相关联。譬如衣服，原来是为了使身体温暖而穿的，但同时又求其质料和形式的美观。譬如房子，原来是为了遮蔽风雨而造的，但同时又求其建筑和布置的美观。可知人生不但用眼睛吃东西，又用眼睛穿衣服，用眼睛住房子。古人说："人之所以异于禽兽者，几希。"我想，这"几希"恐怕就在眼睛里头。

人因为有这样的一双眼睛，所以人的一切生活，实用之外又必讲求趣味。一切东西，好用之外又求其好看。一匣自来火，一只螺旋钉，也在好用之外力求其好看。这是人类的特性。人类在很早的时代就具有这个特性。在上古，穴居野处，茹毛饮血的时代，人们早已懂得装饰。他们在山洞的壁上描写野兽的模样，在打猎用的石刀的柄上雕刻图案的花纹，又在自己的身体上施以种种装饰，表示他们要好看，这种心理和行为发达起来，进步起来，就成为"美术"。故美术是为了眼睛的要求而产生的一种文化。故人生的衣食住行，从表面看来好像和眼睛都没有关系，其实件件都同眼睛有关。越是文明进步的人，眼睛的要求越是大。人人都说"面包问题"是人生的大事。其实人生不单要吃，又要看，不单为嘴巴，又为眼睛，不单靠面包，又靠美术。面包是肉体的食粮！美术是精神的食粮。没有了面包，人的肉体要死。没有了美术，人的精神也要死——人就同禽兽一样。

　　上面所说的，总而言之，人为了有眼睛，故必须有美术。现在我要继续告诉你们：一切美术，以图画为本位，所以人人应该学习图画。原来美术共有四种，即建筑、雕塑、图画和工艺。建筑就是造房子之类，雕塑就是塑铜像之类，图画不必说明，工艺就是制造什用器具之类。这四种美术，可用两种方法来给它们分类。第一种，依照美术的形式而分类，则建筑、雕刻、工艺，在立体上表现的叫作"立体美术"。图画，在平面上表现的，叫作"平面美术"；第二种，依照美术的用途而分类，则建筑、雕塑、工艺，大多数除了看看之外又有实用（譬如住宅供人居住，铜像供人瞻拜，茶壶供人泡茶）的，叫作"实用美术"。图画，大多数只给人看看，别无实用的，叫作"欣赏美术"。这样看来，图画是平面美术，又是欣赏美术。为什么这是一切美术的本位呢？其理由有二：

　　第一，因为图画能在平面上作立体的表现，故兼有平面与立体的效果。这是很明显的事，平面的画纸上描一只桌子，望去四只脚有远近。描一条走廊，望去有好几丈长。描一条铁路，望去有好几里远。因为图画有两种方法，能在平面上假装出立体来，其方法叫作"远近法"和"阴影法"。用了远近法，一寸长的线可以看成好几里路。用了阴影法，平面的可以看成凌空。故图画虽是平面的表现，却包括立体的研究。所以学建筑，学雕塑的人，必须先从学图画入手。美术学校里的建筑科，雕塑科，第一年的课程仍是图画，以后亦常常用图画为辅助。反之，学图画的人就不必兼学建筑或雕塑。

第二，因为图画的欣赏可以应用在现实生活上，故图画兼有欣赏与实用的效果。譬如画一只苹果，一朵花，这些画本身原只能看看，毫无实用。但研究了苹果的色彩，可以应用在装饰图案上，研究了花瓣的线条，可以应用在瓷器的形式上。所以欣赏不是无用的娱乐，乃是间接的实用。所以学校里的图画科，尽管画苹果、香蕉、花瓶、茶壶等没有用处的画。由此所得的眼睛的练习，便已受用无穷。

因了这两个理由——图画在平面中包括立体，在欣赏中包括实用——所以图画是一切美术的本位。我们要有美术的修养，只要练习图画就是。但如何练习，倒是一件重要的事，要请大家注意：上面说过，图画兼有欣赏与实用两种效果。欣赏是美的，实用是真的，故图画练习必须兼顾"真"和"美"这两个条件。具体地说：譬如描一瓶花，要仔细观察花、叶、瓶的形状、大小、方向、色彩，不使描错。这是"真"的方面的功夫。同时又须巧妙地配合，巧妙地布置，使它妥帖。这是"美"的方面的功夫。换句话说，我们要把这瓶花描得像真物一样，同时又要描得美观。再换一句话说，我们要模仿花、叶、瓶的形状色彩，同时又要创造这幅画的构图。总而言之，图画要兼重描写和配置，肖似和美观，模仿和创作，即兼有真和美。偏废一方面的，就不是正当的练习法。

在中国，图画观念错误的人很多。其错误就由于上述的真和美的偏废而来，故有两种。第一种偏废美的，把图画看作照相，以为描画的目的但求描得细致，描得像真的东西一样。称赞一幅画好，就说"描得很像"。批评一幅画坏，就说"描得不像"。这就是求真而不求美，但顾实用而不顾欣赏，是错误的。图画并非不要描得像，但像之外又要它美。没有美而只有像，顶多只抵得一张照相，现在照相机很便宜，三五块钱也可以买一只。我们又何苦费许多宝贵的钟头来把自己的头脑造成一架只值三五块钱的照相机呢？这是偏废了美的错误。

第二种，偏废真的，把图画看作"琴棋书画"的画。以为"画画儿"，是一种娱乐，是一种游戏，是消遣的。于是上图画课的时候，不肯出力，只想享乐。形状还描不正确，就要讲画意。颜料还不会调，就想制作品。这都是把图画看作"琴棋书画"的画的原故。原来弹琴、写字、描画，都是高深的艺术。不知哪一个古人，把"着棋"这种玩意儿凑在里头，于是琴、书、画三者都带了娱乐的，游戏的，消遣的性质，降低了它们的地位，这实在是亵渎艺术！"着棋"这一件事，原也很难；但其效用也不过像叉麻雀，消磨光阴，排遣无聊而已，不能同音乐、绘画、书法排在一起。倘使"着棋"可算是艺术，叉麻雀也变成艺术，学校里不妨添设一科"麻雀"了。但我国有许多人，的确把音乐、图画看成与麻雀相近的东西。这正是"琴棋书画"四个字的流弊。现代的青年，非改正这观念不可。

图画为什么和着棋、叉麻雀不同呢？就是为了图画有一种精神——图画的精神，可以陶冶我们的心。这就是拿描图画一样的真又美的精神来应用在人的生活上。怎样应用呢？我们可拿数学来作比方。数学的四则问题中，有龟鹤问题：龟鹤同住在一个笼里，一共几个头，几只脚，求龟鹤各几只？又有年龄问题：几年前父年为子年之几倍，几年后父年为子年之几倍？这种问题中所讲的事实，在人生中难得逢到。有谁高兴真个把乌龟同鹤关在一只笼子里，叫人猜呢？又有谁真个要算父年为子年的几倍呢？这原不过是要借这种奇奇怪怪的问题来训练人的头脑，使头脑精密起来。然后拿这精密的头脑来应用在人的一切生活上。我们又可拿体育来比方，体育中有跳高、跳远、掷铁球、掷铁饼等武艺。这在我们的日常生活中也很少用处。有谁常要跳高、跳远，有谁常要掷铁球、铁饼呢？这原不过是要借这种武艺来训练人的体格，使体格强健起来，然后拿这强健的体格去做人生一切的事业。图画就同数学和体育一样。人生不一定要画苹果、香蕉、花瓶、茶壶。原不过要借这种研究来训练人的眼睛，使眼睛正确而又敏感，真而又美。然后拿这真和美来应用在人的物质生活上，使衣食住行都美化起来；应用在人的精神生活上，使人生的趣味丰富起来。这就是所谓"艺术的陶冶"。

图画原不过是"看看"的。但因为眼睛是精神的嘴巴，美术是精神的粮食，图画是美术的本位，故"看看"这件事在人生竟有了这般重大的意义。今天在收音机旁听我讲演的人，一定大家是有一双眼睛的，请各自体验一下，看我的话有没有说错。

廿五（1936）年九月十二日下午四时

名师赏析

文章以"图画与人生"为题，主要谈论了三个问题：图画对人的作用、人为什么要作画、图画与人生的关系。为了全面阐述这三个问题，作者先抛出三者都是"看看"的关系这一概念，随之围绕"看看"进行说理。"看看"需要眼睛，作者以眼睛为媒介，以大量的对比论证点出嘴巴和眼睛在功用上的异同，引出精神营养的重要性，详细阐述"人因有眼睛，实用之外必讲求趣味，好用之外又求其好看"，并进一步探讨生活与眼睛、眼睛与美术、美术与图画的关系。最后揭示出图画作为美术本位兼有真和美的双重特性，有着陶冶心灵和滋养精神的作用，并矫正了人们对于图画的实用和欣赏有所偏废的错误观念。

  图画与人生的关系并非简单的"看看"就能说清，难得的是作者以深入浅出的语言、以贴近生活的事例始终围绕中心论点条理清晰地进行阐释，将复杂的问题进行简化，明白晓畅，令人信服。

还我缘缘堂

二月九日天阴,居萍乡暇鸭塘萧祠已经二十多天了,这里四面是田,田外是山,人迹少到,静寂如太古。加之二十多天以来,天天阴雨,房间里四壁空虚,行物萧条,与儿相对枯坐,不啻囚徒。次女林先性最爱美,关心衣饰,闲坐时举起破碎的棉衣袖来给我看。说道:"爸爸,我的棉袍破得这么样了!我想换一件骆驼绒袍子。可是它在东战场的家里——缘缘堂楼上的朝外橱里——不知什么时候可以去拿得来。我们真苦,每人只有身上的一套衣裳!可恶的日本鬼子!"我被她引起很深的同情,心中一番惆怅,继之以一番愤懑。她昨夜睡在我对面的床上,梦中笑了醒来。我问她有什么欢喜。她说她梦中回缘缘堂,看见堂中一切如旧,小皮箱里的明星照片一张也不少,欢喜之余,不觉笑了醒来,今天晨间我代她作了一首感伤的小诗:

儿家住近古钱塘,也有朱栏映粉墙。
三五良宵团聚乐,春秋佳日嬉游忙。
清平未识流离苦,生小偏遭破国殃。
昨夜客窗春梦好,不知身在水萍乡。

平生不曾作过诗，而且近来心中只有愤懑而没有感伤。这首诗是偶被环境逼出来的，我嫌恶此调，但来了也听其自然。

邻家的洪恩要我写对，借了一支破大笔来。拿着笔，我便想起我家里的一抽斗湖笔，和写对专用的桌子。写好对，我本能伸手向后面的茶几上去取大印子，岂知后面并无茶几，更无印子，但见萧家祠堂前的许多木柱，蒙着灰尘站立在神祠里，我心中又起一阵愤懑。

快晚上时，章桂从萍乡城里拿邮信回来，递给我一张明信片，严肃地说："新房子烧掉了！"我看那明信片是二月四日上海裘梦痕寄发的。明信片上有一段说："一月初上海新闻报载石门湾缘缘堂已全部焚毁，不知尊处已得悉否"；下面又说："近来报纸上常有误载，故此消息是否确凿不得而知。"此信传到，全家十人和三个同逃难来的亲戚，齐集在一个房间里聚讼起来，有的可惜橱里的许多衣服，有的可惜堂上新置的桌凳。一个女孩子说：大风琴和打字机最舍不得。一个男孩子说：秋千架和新买的金鸡牌脚踏车最肉痛。我妻独挂念她房中的一箱垫锡器和一箱垫瓷器。她说：早知如此，悔不预先在秋千架旁的空地上掘一个地洞埋藏了，将来还可去发掘。正在惋惜，丙潮从旁劝慰道："明信片上写着'是否确凿不得而知'，那么不见得一定烧掉的。"大约他看见我默默不语，猜度我正在伤心，所以这两句照着我说。我听了却在心中苦笑，他的好意我是感谢的，但他的猜度却完全错误了。我离家后一日在途中闻知石门湾失守，早把缘缘堂置之度外，随后陆续听到这地方四得四失，便想象它已变成一片焦土，正怀念着许多亲戚朋友的安危存亡，更无余暇去怜惜自己的房屋了。况且，沿途看报某处阵亡数千人，某处被敌虐杀数百人，像我们全家逃出战区，比较起他们来已是万幸，身外之物又何足惜！我虽老弱，但只要不转乎沟壑，还可凭五寸不烂之笔来对抗暴敌，我的前途尚有希望，我决不为房屋被焚而伤心，不但如此，房屋被焚了，在我反觉轻快，此犹破釜沉舟，断绝后路，才能一心向前，勇猛精进。丙潮以空言相慰，我感谢之余，略觉嫌恶。

然而黄昏酒醒，灯孤人静，我躺在床上时，也不免想起石门湾的缘缘堂来。此堂成于中华民国二十二年，距今尚未满六岁。形式朴素，不事雕斫而高大轩敞。正南向三开间，中央铺方大砖，供养弘一法师所书《大智度论·十喻赞》，西室铺地板为书房，陈列书籍数千卷。东室为饮食间，内通平屋三间为厨房、贮藏室，及工友的居室。前楼正寝为我与两儿女的卧室，亦有书数千卷，西间为佛堂，四壁皆经书，东间及后楼皆家人卧室。五年以来，我已同这房屋十分稔熟。现在只要一闭眼睛，便又历历地看见各个房间中的陈设，连某书架中第几层第几本是什么书都看得见，连某抽斗（儿女们曾统计过，我家共有一百二十五只抽斗）中藏着什么东西都记得清楚。现在这所房屋已经付之一炬，从此与我永诀了！

我曾和我的父亲永诀，曾和我的母亲永诀，也曾和我的姐弟及亲戚朋友们永诀，如今和房子永诀，实在值不得感伤悲哀。故当晚我躺在床里所想的不是和房子永诀的悲哀，却是毁屋的火的来源。吾乡于中华民国二十六年十一月六日，吃敌人炸弹十二枚，当场死三十二人，毁房屋数间。我家幸未死人，我屋幸未被毁。后于十一月二十三日失守，失而复得，得而复失，失而复得，得而复失……以致四进四出，那么焚毁我屋的火的来源不定；是暴敌侵略的炮火呢，还是我军抗战的炮火呢？现在我不得而知，但也不外乎这两个来源。

于是我的思想达到了一个结论：缘缘堂已被毁了。倘是我军抗战的炮火所毁，我很甘心！堂倘有知，一定也很甘心，料想它被毁时必然毫无恐怖之色和凄惨之声，应是蓦地参天，蓦地成空，让我神圣的抗战军安然通过，向前反攻的。倘是暴敌侵略的炮火所毁，那我很不甘心，堂倘有知，一定更不甘心。料想它被焚时，一定发出喑呜叱咤之声："我这里是圣迹所在，麟凤所居。尔等狗彘豺狼胆敢肆行焚毁！亵渎之罪，不容于诛！应着尔等赶速重建，还我旧观，再来伏法！"

无论是我军抗战的炮火所毁，或是暴敌侵略的炮火所毁，在最后胜利之日，我定要日本还我缘缘堂来！东战场，西战场，北战场，无数同胞因暴敌侵略所受的损失，大家先估计一下，将来我们一起同他算账！

名师赏析

丰子恺的散文向来从容散淡，情绪激烈的愤懑之作很少见，本文却是一个特例。"还我缘缘堂"，皆在于缘缘堂的被毁。

作者从寓居在外、想念缘缘堂写起，进而写到建堂始末、离开缘由以及与之"永诀"的悲痛，无不传达出对于故乡遇劫、家国遭难的牵念和激愤。在文章的后部，作者更是直抒胸臆，痛快淋漓地怒斥侵略者的残暴行径，大声喊出"还我缘缘堂"的誓言，号召同胞"将来我们一起同他算账"，表达了抗战必胜的信心和决心。朴实真切的情感、强烈直白的呼告，引发了读者的强烈共鸣。

陋 巷

杭州的小街道都称为巷。这名称是我们故乡所没有的。我幼时初到杭州，对于这巷字颇注意。我以前在书上读到颜子"居陋巷，一箪食，一瓢饮"的时候，常疑所谓"陋巷"，不知是甚样的去处。想来大约是一条坍圮、龌龊而狭小的弄，为灵气所钟而居了颜子的。我们故乡尽不乏坍圮、龌龊、狭小的弄，但都不能使我想象做陋巷。及到了杭州，看见了巷的名称，才在想象中确定颜子所居的地方，大约是这种巷里。每逢走过这种巷，我常怀疑那颓垣破壁的里面，也许隐居着今世的颜子。就中有一条巷，是我所认为陋巷的代表的。只要说起陋巷两字，我脑中会立刻浮出这巷的光景来。其实我只到过这陋巷里三次，不过这三次的印象都很清楚，现在都写得出来。

第一次我到这陋巷里，是将近二十年前的事。那时我只十七八岁，正在杭州的师范学校里读书。我的艺术科教师 L 先生似乎嫌艺术的力道薄弱，过不来他的精神生活的瘾，把图画音乐的书籍用具送给我们，自己到山里去断了十七天食，回来又研究佛法，预备出家了。在出家前的某日，他带了我到这陋巷里去访问 M 先生。我跟着 L 先生走进这陋巷中的一间老屋，就看见一位身材矮胖而满面须髯的中年男子从里面走出来迎接我们。我被介绍，向这位先生一鞠躬，就坐在一只椅子上听他们的谈话。我其实全然听不懂他们的话，只是断片地听到什么"楞严""圆觉"等名词，又有一个英语"Philosophy（哲学）"出现在他们的谈话中。这英语是我当时新近记诵的，听到时怪有兴味。可是话的全体的意义我都不解。这一半是因为L先生打着天津白，M先生则叫工人倒茶的时候说纯粹的绍兴土白，面对我们谈话时也作北腔的方言，在我都不能完全通用。当时我想，你若肯把我当作倒茶的工人，我也许还能听得懂些。但这话不好对他说，我只得假装静听的样子坐着，其实我在那里偷看这位初见的M先生的状貌。他的头圆而大，脑部特别丰隆，假如身体不是这样矮胖，一定负载不起。他的眼不像L先生的眼地纤细，圆大而炯炯发光，上眼帘弯成一条坚致有力的弧线，切着下面的深黑的瞳子。他的须髯从左耳根缘着脸孔一直挂到右耳根，颜色与眼瞳一样深黑。我当时正热衷于木炭画，我觉得他的肖像宜用木炭描写，但那坚致有力的眼线，是我的木炭所描不出。我正在这样观察的时候，他的谈话中突然发出哈哈的笑声。我惊奇他的笑声响亮而愉快，同他的话声全然不接，好像是两个人的声音。他一面笑，一面用炯炯发光的眼黑顾视到我。我正在对他作绘画的及音乐的观察，全然没有知道可笑的理由，但因假装着静听的样子，不能漠然不动；又不好意思问他"你有什么好笑"而请他重说一遍，只得再假装领会的样子，强颜作笑。他们当然不会考问我领会到如何程度，但我自己问心，很是惭愧。我惭愧我的装腔作笑，又痛恨自己何以听不懂他们的话。他们的话愈谈愈长，M先生的笑声愈多愈响，同时我的愧恨也愈积愈深。从进来到辞去，一向做个怀着愧恨的傀儡，冤枉地被带到这陋巷中的老屋里来摆了几个钟头。

第二次我到这陋巷，在于前年，是做傀儡之后十六年的事了。这十六七年之间，我东奔西走地糊口于四方，多了妻室和一群子女，少了一个母亲；M先生则十余年如一日，长是孑然一身地隐居在这陋巷的老屋里。我第二次见他，是前年的清明日，我是代L先生送两块印石而去的。我看见陋巷照旧是我所想象的颜子的居处，那老屋也照旧古色苍然。M先生的音容和十余年前一样，坚致有力的眼帘，炯炯发光的黑瞳，和响亮而愉快的谈笑声。但是听这谈笑声的我，与前大异了。我对于他的话，方言不成问题，意思也完全懂得了。像上次做傀儡的苦痛，这回已经没有，可是另感到一种更深的苦痛：我那时初失母亲——从我孩提时兼了父职抚育我到成人，而我未曾有涓埃的报答的母亲。痛恨至极，心中充满了对于无常的悲愤和疑惑。自己没有解除这悲和疑的能力，便堕入了颓唐的状态。我只想跟着孩子们到山巅水滨去picnic（郊游），以暂时忘却我的苦痛，而独怕听接触人生根本问题的话。我是明知故犯地堕落了。但我的堕落在我所处的社会环境中颇能隐藏。因为我每天还为了糊口而读几页书，写几小时的稿，长年除荤戒酒，不看戏，又不赌博，所有的嗜好只是每天吸半听美丽牌香烟，吃些糖果，买些玩具同孩子们弄弄。在我所处的社会环境中的人看来，这样的人非但不堕落，着实是有淘剩的。但M先生的严肃的人生，显明地衬出了我的堕落。他和我谈起我所作而他所序的《护生画集》，勉励我；知道我抱着风木之悲，又为我解说无常，劝慰我。其实我不须听他的话，只要望见他的颜色，已觉羞愧得无地自容了。我心中似有一团"剪不断,理还乱"的丝,因为解不清楚,用纸包好了藏着。M先生的态度和说话,着力地在那里发开我这纸包来。我在他面前渐感局促不安,坐了约一小时就告辞。当他送我出门的时候,我感到与十余年前在这里做了几小时傀儡而解放出来时同样愉快的心情。我走出那陋巷,看见街角上停着一辆黄包车,便不问价钱,跨了上去。仰看天色晴明,决定先到采芝斋买些糖果,带了到六和塔去度送这清明日。但当我晚上拖了疲倦的肢体而回到旅馆的时候,想起上午所访问的主人,热烈地感到畏敬的亲爱。我准拟明天再去访他,把心中的纸包打开来给他看。但到了明朝,我的心又全被西湖的春色所占据了。

第三次我到这陋巷,是最近一星期前的事。这回是我自动去访问的。M先生照旧孑然一身地隐居在那陋巷的老屋里,两眼照旧描着坚致有力的线而炯炯发光,谈笑声照旧愉快。只是使我惊奇的,他的深黑的须髯已变成银灰色,渐近白色了。我心中浮出"白发不能容宰相,也同闲客满头生"之句,同时又悔不早些常来亲近他,而自恨三年来的生活的堕落。现在我的母亲已死了三年多了,我的心似已屈服于"无常",不复如前之悲愤,同时我的生活也就从颓唐中爬起来,想对"无常"作长期的抵抗了。我在古人诗词中读到"笙歌归院落,灯火下楼台","六朝旧时明月,清夜满秦淮","白头宫女在,闲坐说玄宗"等咏叹无常的文句,不肯放过,给它们翻译为画。以前曾寄两幅给M先生,近来想多集些文句来描画,预备作一册《无常画集》。我就把这点意思告诉他,并请他指教。他欣然地指示我许多可找这种题材的佛经和诗文集,又背诵了许多佳句给我听。最后他翻然地说道:"无常就是常。无常容易画,常不容易画。"我好久没有听见这样的话了,怪不得生活异常苦闷。他这话把我从无常的火宅中救出,使我感到无限的清凉。当时我想,我画了《无常画集》之后,要再画一册《常画集》。《常画集》不须请他作序,因为自始至终每页都是空白的。这一天我走出那陋巷,已是傍晚时候。岁暮的景象和雨雪充塞了道路。我独自在路上彷徨,回想前年不问价钱跨上黄包车那一回,又回想二十年前做了几小时傀儡而解放出来那一会,似觉身在梦中。

一九三三年一月十五日于石门湾

名师赏析

文章题为《陋巷》,却并未描写巷子本身是如何之"陋",反而大力着墨于居住在陋巷之中的人,且反复提到"颜子",个中深意,不言而喻。

由来陋巷出贤人,古有颜回,今有M先生。文章一开头,作者从对杭州巷子的留意写起,引出自己对陋巷的印象,进而记述了于陋巷之中三次拜访M先生的经历,生动细腻地刻画了一位颜回般安贫乐道、达观智慧的高人形象,表达了作者对其的由衷崇敬和亲近感。

作者刻画人物非常巧妙,有对其音容笑貌的正面观察,但更多的却是以自己三次拜访、逐步加深的情感变化来侧面衬托。文中还有多处对比衬托的写法，如以外在环境之"陋"衬托 M 先生内在修养的高妙，以自身的鄙陋无知衬托其自在洒脱，以自身遭逢无常的"堕落"衬托其一如既往的达观深邃，以自身的醒悟振作衬托其智慧通达，等等，笔法简洁有力，刻画入木三分。

芸芸众生皆为无常缠缚，常有烦忧。能看透"无常即常"的本质并始终如一保有本心者，实为少有。作者借这位高人的风范，揭示了一种生活本相，传达出一种人生大智慧，值得玩味。

车厢社会

我第一次乘火车,是在十六七岁时,即距今二十余年前。虽然火车在其前早已通行,但吾乡离车站有三十里之遥,平时我但闻其名,却没有机会去看火车或乘火车。十六七岁时,我毕业于本乡小学,到杭州去投考中等学校,方才第一次看到又乘到火车。以前听人说:"火车厉害得很,走在铁路上的人,一不小心,身体就被碾做两段。"又听人说:"火车快得邪气,坐在车中,望见窗外的电线木如同栅栏一样。"我听了这些话而想象火车,以为这大概是炮弹流星似的凶猛唐突的东西,觉得可怕。但后来看到了,乘到了,原来不过尔尔。天下事往往如此。

自从这一回乘了火车之后,二十余年中,我对火车不断地发生关系。至少每年乘三四次,有时每月乘三四次,至多每日乘三四次(不过这是从江湾到上海的小火车)。一直到现在,乘火车的次数已经不可胜计了。每乘一次火车,总有种种感想。倘得每次下车后就把乘车时的感想记录出来,记到现在恐怕不止数百万言,可以出一大部乘火车全集了。然而我哪有工夫和能力来记录这种感想呢?只是回想过去乘火车时的心境,觉得可分三个时期,现在记录出来,半为自娱,半为世间有乘火车的经验的读者谈谈，不知他们在人背中是否作如是想的。

　　第一个时期，是初乘火车的时期。那时候乘火车这件事在我觉得非常新奇而有趣。自己的身体被装在一个大木箱中，而用机械拖了这大木箱狂奔，这种经验是我向来所没有的，怎不叫我感到新奇而有趣呢？那时我买了车票，热烈地盼望车子快到。上了车，总要拣个靠窗的好位置坐。因此可以眺望窗外旋转不息的远景，瞬息万变的近景，和大大小小的车站。一年四季住在看惯了的屋中，一旦看到这广大而变化无穷的世间，觉得兴味无穷。我巴不得乘火车的时间延长，常常嫌它到得太快，下车时觉得可惜。我欢喜乘长途火车，可以长久享乐。最好是乘慢车，在车中的时间最长，而且各站都停，可以让我尽情观赏。我看见同车的旅客个个同我一样地愉快，仿佛个个是无目的地在那里享乐乘火车的新生活的。我看见各车站都美丽，仿佛个个是桃源仙境的入口。其中汗流浃背地扛行李的人，喘息狂奔地赶火车的人，急急忙忙地背着箱笼下车的人，拿着红绿旗子指挥开车的人，在我看来仿佛都干着有兴味的游戏，或者在那里演剧。世间真是一大欢乐场，乘火车真是一件愉快不过的乐事！可惜这时期很短促，不久乐事就变为苦事。

　　第二个时期，是老乘火车的时期。一切都看厌了，乘火车在我就变成了一桩讨厌的事。以前买了车票热烈地盼望车子快到。现在也盼望车子快到，但不是热烈的而是焦灼的。意思是要它快些来载我赴目的地。以前上车总要拣个靠窗的好位置，现在不拘，但求有得坐。以前在车中不绝地观赏窗内窗外的人物景色，现在都不要看了，一上车就拿出一册书来，不顾环境的动静，只管埋头在书中，直到目的地的到达。为的是老乘火车，一切都已见惯，觉得这些千篇一律的状态没有什么看头，不如利用这冗长无聊的时间来用些功。但并非欢喜用功，而是无可奈何似的用功。每当看书疲倦起来，就埋怨火车行得太慢，看了许多书才走得两站！这时候似觉一切乘车的人都同我一样，大家焦灼地坐在车厢中等候到达。看到凭在车窗上指点谈笑的小孩子，我鄙视他们，觉得这班初出茅庐的人少见多怪，其浅薄可笑。有时窗外有飞机驶过，同车的人大家立起来观望，我也不屑从众，回头一看立刻埋头在书中。总之，那时我在形式上乘火车，而在精神上仿佛遗世独立，依旧笼闭在自己的书斋中。那时候我觉得世间一切枯燥无味，无可享乐，只有沉闷、疲倦和苦痛，正同乘火车一样。这时期相当地延长，直到我深入中年时候而截止。

　　第三个时期，可说是惯乘火车的时期。乘得太多了，讨嫌不得许多，还是逆来顺受吧。心境一变，以前看厌了的东西也会重新有起意义来，仿佛"温故而知新"似的。最初乘火车是乐事，后来变成苦事，最后又变成乐事，仿佛"返老还童"似的。最初乘火车欢喜看景物，后来埋头看书，最后又不看书而欢喜看景物了。不过这回的欢喜与最初的欢喜性状不同：前者所见都是可喜的，后者所见却大多数是可惊的，可笑的，可悲的。不过在可惊可笑可悲的发见上，感到一种比埋头看书更多的兴味而已。故前者的欢喜是真的"欢喜"，若译英语可用 happy 或 merry；后者却只是 like 或 fond of，不是真心的欢乐。实际，这原是比较而来的；因为看书实在没有许多好书可以使我集中兴味而忘却乘火车的沉闷。而这车厢社会里的种种人间相倒是一部活的好书，会时时向我展出新颖的 page（篇页）来。

惯乘火车的人，大概对我这话多少有些儿同感的吧！

不说车厢社会里的琐碎的事，但看各人的座位，已够使人惊叹了。同是买一张票的，有的人老实不客气地躺着，一人占有了五六个人的位置。看见找寻座位的人来了，把头向着里，故作鼾声，或者装作病人，或者举手指点那边，对他们说："前面很空，前面很空。"和平谦虚的乡下人大概会听信他的话，让他安睡，背着行李向他所指点的前面去另找"很空"的位置。有的人叫行李分占了自己左右的两个位置，当作自己的卫队。若是方皮箱，又可当作自己的茶几。看见找座位的人来了，拼命埋头看报。对方倘不客气地向他提出："对不起，先生，请你的箱子放在上面了，大家坐坐！"他会指着远处打官话拒绝他："那边也好坐，你为什么一定要坐在这里？"说过管自看报了。和平谦虚的乡下人大概不再请求，让他坐在行李的护卫中看报，抱着孩子向他指点的那边去另找"好坐"的地方了。有的人没有行李，把身子扭转来，叫一个屁股和一只大腿占据了两个人的座位，而悠闲地凭在窗中吸烟。他把大乌龟壳似的一个背部向着他的右邻，而用一只横置的左大腿来拒远他的左邻。这大腿上面的空间完全归他所有，可在其中从容地抽烟、看报。逢到找寻座位的人来了，把报纸堆在大腿上，把头钻出窗外，只作不闻不见。还有一种人，不取大腿的策略，而用一册书和一个帽子放在自己身旁的座位上。找座位的人倘来请他拿开，就回答他说"这里有人"。和平谦虚的乡下人大概会听信他，留这空位给他那"人"坐，扶着老人向别处去另找座位了。找不到座位时，他们就把行李放在门口，自己坐在行李上，或者抱了小孩，扶了老人站在 W.C. 的门口。查票的来了，不干涉躺着的人，以及用大腿或帽子占座位的人，却埋怨坐在行李上的人和抱了小孩扶了老人站在 W.C. 门口的人阻碍了走路，把他们骂了几声。

我看到这种车厢社会里的状态，觉得可惊，又觉得可笑，可悲。可惊者，大家出同样的钱，购同样的票，明明是一律平等的乘客，为什么会演出这般不平等的状态？可笑者，那些强占座位的人，不惜装腔、撒谎，以图一己的苟安，而后来终得舍去他的好位置。可悲者，在这乘火车的期间，苦了那些和平谦虚的乘客，他们始终只得坐在门口的行李上，或者抱了小孩，扶了老人站在 W.C. 的门口，还要被查票者骂了几声。

在车厢社会里，单看座位这一点，已足使我惊叹了。何况其他种种的花样。总之，凡人间社会里所有的现状，在车厢社会中都有其缩图。故我们乘火车不必看书，但把车厢看作人世间的模型，足够消遣了。

回想自己乘火车的三时期的心境，也觉得可惊，可笑，又可悲。可惊者，从初乘火车经过老乘火车，而至于惯乘火车，时序的递交太快！可笑者，乘火车原来也是一件平常的事。幼时认为"电线木同栅栏一样"，车站同桃源一样，固然可笑，后来那样地厌恶它而埋头于书中，也一样地可笑。可悲者，我对于乘火车不复感到昔日的欢喜，而以观察车厢社会里的怪状为消遣，实在不是我所愿为之事。

于是我憧憬于过去在外国时所乘的火车。记得那车厢中很有秩序，全无现今所见的怪状。那时我们在车厢中不解众苦，只觉旅行之乐。但这原是过去已久的事，在现今的世间恐怕不会再见这种车厢社会了。前天同一位朋友从火车下来，出车站

后他对我说了几句新诗似的东西,我记忆着。现在抄在这里当作结尾:

> 人生好比乘车:
> 有的早上早下,
> 有的迟上迟下,
> 有的早上迟下,
> 有的迟上早下。
> 上了车纷争座位,
> 下了车各自回家。
> 在车厢中留心保管你的车票,
> 下车时把车票原物还他。

廿四(1935)年三月廿六日

名师赏析

窥一隅而知天下,由"车厢"而知社会,从窗外到窗内,从观景到观人,从乘火车的经历感悟到对"车厢社会"的感叹、再到对自身心境变化的反省,作者以平实浅淡的文字、幽默诙谐的语言,影射了社会上种种不合理现状,发出"可惊、可笑、可悲"的人生感慨。

佛家有"初时看山是山、看水是水,进而看山不是山、看水不是水,最后看山仍是山、看水仍是水"的通达了悟,这与作者乘火车的三种心境恰好一脉相承,这也是贯穿全文的暗线。领悟人生需要阅历,成熟心境需要过程,在看似平常的小事中发现人生智慧,在种种荒谬的世相里思考人生真意,作者在文章结尾处表达对有秩序、无怪状的"车厢社会"的渴求,实则也是为激起国人对如何建立一个更好的社会的深思。

随笔漫画

随笔的"随"和漫画的"漫",这两个字下得真轻松。看了这两个字,似乎觉得作这种文章和画这种绘画全不费力。可以"随便"写出,可以"漫然"下笔。其实决不可能。就写稿而言,我根据过去四十年的经验,深知创作——包括随笔——都很伤脑筋,比翻译伤脑筋得多。倘使用操舟来比方写稿,则创作好比把舵,翻译好比划桨。把舵必须掌握方向,瞻前顾后,识近察远;必须熟悉路径,什么地方应该右转弯,什么地方应该左转弯,什么时候应该急进,什么时候应该缓行;必须谨防触礁,必须避免冲突。划桨就不须这样操心,只要有气力,依照把舵人所指定的方向一桨一桨地划,总会把船划到目的地。我写稿时常常感到这比喻的恰当:倘是创作,即使是随笔,我也得预先胸有成竹,然后可以动笔。详言之,须得先有一个"烟士比里纯",然后考虑适于表达这"烟士比里纯"的材料,然后经营这些材料的布置,计划这篇文章的段落和起讫。这准备工作需要相当的时间。准备完成之后,方才可以动笔。动笔的时候提心吊胆,思前想后,脑筋里仿佛有一根线盘旋着。直到脱稿之后,直到推敲完毕之后,这根线方才从脑筋里取出。但倘是翻译,我不须这么操心:把原书读了一遍之后,就可动笔,逐句逐段逐节逐章地把外文改造为中文。考虑每句译法的时候不免也费脑筋。然而译成了一句，就可透一口气，不妨另外想些别的事情，然后继续处理第二句。其间只要顾到语气的连贯和畅达，却不必顾虑思想的进行。思想有作者负责，不须译者代劳。所以我做翻译工作的时候不怕旁边有人。我译成一句之后，不妨和旁人闲谈一下，作为休息，然后再译第二句。但创作的时候最怕旁边有人，最好关起门来，独自工作。因为这时候思想形成一根线索，最怕被人打断。一旦被打断了，以后必须苦苦地找寻断线的两端，重新把它们连接起来，方才可以继续工作。近来我少创作而多翻译，正是因为脑力不济而"避重就轻"。

这时候我想起了三十多年前的生活情况：屋子小，没有独立的书房。睡觉，吃饭，工作，同在一室。我坐在书桌旁边写稿，我的太太坐在食桌旁边做针线。我的写稿倘是翻译，我欢迎她坐在这里，工作告一段落的时候可以同她闲谈一下，作为调剂。但倘是创作，我就讨厌她。因为她看见我搁笔不动，就用谈话来打断我的思想线索。但这也不能怪她，因为她不知道我写的是翻译还是创作；也许她还误认我的写稿工作同她的针线工作同一性状，可以边做边谈的。后来我就预先关照："今天你不要睬我。"同时把理由说明：我们石门湾水乡地方，操舟的人有一句成语，叫作"停船三里路"。意思是说：船在河中行驶的时候，倘使中途停一下，必须花去走三里路的时间。因为将要停船的时候必须预先放缓速度，慢慢地停下来。停过之后再开的时候，起初必须慢慢地走，逐渐地快起来，然后恢复原来的速度。这期间就少走了三里路。三里也许夸张一点，一两里是一定有的。我正在创作的时候你倘问我一句话，就好比叫正在行驶的船停一停，我得少写三行字。三行也许夸张一点，一两行是一定有的。我认为随笔不能随便写出，理由就如上述。

漫画同随笔一样，也不是可以"漫然"下笔的。我有一个脾气：希望一张画在看看之外又可以想想。我往往要求我的画兼有形象美和意义美。形象可以写生，意义却要找求。倘有机会看到了一种含有好意义的好形象，我便获得了一幅得意之作的题材。但是含有好意义的好形象不能常见，因此我的得意之作也不可多得。记得有一次，我在院子里闲步，偶然看见石灰脱落了的墙壁上的砖头缝里生出一枝小小的植物来，青青的茎弯弯地伸在空中，约有三四寸长，茎的头上顶着两瓣绿叶，鲜嫩袅娜，怪可爱的。我吃了一惊，同时如获至宝。因为这美丽的形象含有丰富深刻的意义，正是我作画的模特儿。用洋洋数万言来歌颂天地好生之德，远不及用寥寥数笔来画出这枝小植物来得动人。我就有了一幅得意之作，画题叫作"生机"。记得又有一次，我去访问一位当医生的朋友，走进他的书室，看见案上供着一瓶莲花，花瓶的样子很别致，仔细一看，原来是一尺来长的一个炮弹壳，我又吃一惊，同时又如获至宝。因为这别致的形象也含有丰富深刻的意义，也是我作画的模特儿。用慷慨激昂的演说来拥护和平，远不如默默地画出这瓶莲花来得动人。我又有了一幅得意之作，画题叫作"炮弹作花瓶……"。我的找求画材大都如此。倘使我所看到的形象没有丰富深刻的意义，无论形状、色彩何等秀丽，我也懒得描写；即使描写了，也不是我的得意之作。实在，我的作画不是作画，而仍是作文，不过不用言语而用形象罢了。既然作画等于作文，那么漫画就等于随笔。随笔不能随便写出,漫画当然也不得漫然下笔了。

一九五七年一月十八日于上海作

名师赏析

随笔和漫画,一写一画,虽则字面上看着很轻松随意,实际上"随笔不随、漫画不漫",因为它们都关乎于创作,关乎于思维的连续性和艺术的独创性。

文章围绕这个观点,先用操舟把舵来比喻随笔创作,阐述了"作文"是需要把握方向、全盘打算的,同时以翻译文章与之形成对比,突出创作之难,更以妻子做针线的例子来加以对比,更加显出文字创作的不易。随后,作者又以漫画创作注重形象美和意义美的双重特性,列举了"生机""炮弹作荷花"两幅漫画的创作背景,传达出漫画也要讲求"别致的形象也含有丰富深刻的意义",再以"作画也是作文",突显其创作之艰。

谈艺术的文章,往往因其专业性而显得高深,但本文运用生动形象的比喻,恰到好处的引用,贴切直白的举例,简明扼要地表明了作者的观点——随笔和漫画不是随意写出和漫然下笔,让整篇文章说理透彻,明白晓畅,通俗易懂又不失趣味,是一篇文质兼美的谈艺小品。

悼夏丏尊先生

我从重庆郊外迁居城中,候船返沪。刚才迁到,接得夏丏尊老师逝世的消息。记得三年前,我从遵义迁重庆,临行时接得弘一法师往生的电报。我所敬爱的两位教师的最后消息,都在我行旅倥偬的时候传到。这偶然的事,在我觉得很是蹊跷。因为这两位老师同样的可敬可爱,昔年曾经给我同样宝贵的教诲。如今噩耗传来,也好比给我同样的最后训示。这使我感到分外的哀悼与警惕。

我早已确信夏先生是要死的,同确信任何人都要死的一样。但料不到如此其速。八年违教,快要再见,而终于不得再见!真是天实为之,谓之何哉!

犹忆二十六年秋,"卢沟桥事变"之际,我从南京回杭州,中途在上海下车,到梧州路去看夏先生。先生满面忧愁,说一句话,叹一口气。我因为要乘当天的夜车返杭,匆匆告别。我说:"夏先生再见。"夏先生好像骂我一般愤然地答道:"不晓得能不能再见!"同时又用凝注的眼光,站立在门口目送我。我回头对他发笑。因为夏先生老是善愁,而我总是笑他多忧。岂知这一次正是我们的最后一面,果然这一别"不能再见了"!

后来我扶老携幼，仓皇出奔，辗转长沙、桂林、宜山、遵义、重庆各地。夏先生始终住在上海。初年还常通信。自从夏先生被敌人捉去监禁了一回之后，我就不敢写信给他，免得使他受累。胜利一到，我写了一封长信给他。见他回信的笔迹依旧遒劲挺秀，我很高兴。字是精神的象征，足证夏先生精神依旧。当时以为马上可以再见了，岂知交通与生活日益困难，使我不能早归；终于在胜利后八个半月的今日，在这山城客寓中接到他的噩耗，也可说是"抱恨终天"的事！

夏先生之死，使"文坛少了一位老将"，"青年失了一位导师"，这些话一定有许多人说，用不着我再讲。我现在只就我们的师弟情缘上表示哀悼之情。夏先生与李叔同先生（弘一法师），具有同样的才调，同样的胸怀。不过表面上一位做和尚，一位是居士而已。

犹忆三十余年前，我当学生的时候，李先生教我们图画、音乐，夏先生教我们国文。我觉得这三种学科同样的严肃而有兴趣。就为了他们二人同样的深解文艺的真谛，故能引人入胜。夏先生常说："李先生教图画、音乐，学生对图画、音乐，看得比国文、数学等更重。这是有人格作背景的原故。因为他教图画、音乐，而他所懂得的不仅是图画、音乐。他的诗文比国文先生的更好，他的书法比习字先生的更好，他的英文比英文先生的更好……这好比一尊佛像，有灵光，故能令人敬仰。"这话也可说是"夫子自道"。夏先生初任舍监，后来教国文。但他也是博学多能，只除不弄音乐以外，其他诗文、绘画（鉴赏）、金石、书法、理学、佛典，以至外国文、科学等，他都懂得。因此能和李先生交游，因此能使学生心悦诚服。

他当舍监的时候，学生们私下给他起个诨名，叫夏木瓜。但这并非恶意，却是好心。因为他对学生如对子女，率直开导，不用敷衍、欺蒙、压迫等手段。学生们最初觉得忠言逆耳，看见他的头大而圆，就给他起这个诨名。但后来大家都知道夏先生是真爱我们，这绰号就变成了爱称而沿用下去。凡学生有所请愿，大家都说："同夏木瓜讲，这才成功。"他听到请愿，也许暗呜叱咤地骂你一顿，但如果你的请愿合乎情理，他就当作自己的请愿，而替你设法了。

他教国文的时候，正是"五四"将近。我们做惯了"太王留别父老书""黄花主人致无肠公子书"之类的文题之后，他突然叫我们做一篇"自述"。而且说："不准讲空话，要老实写。"有一位同学，写他父亲客死他乡，他"星夜匍伏奔丧"。夏先生苦笑着问他："你那天晚上真个是在地上爬去的？"引得大家发笑，那位同学脸孔绯红。又有一位同学发牢骚，赞隐遁，说要"乐琴书以消忧，抚孤松而盘桓"。夏先生厉声问他："你为什么来考师范学校？"弄得那人无言可对。这样的教法，最初被顽固守旧的青年所反对。他们以为文章不用古典，不发牢骚，就不高雅。竟有人说："他自己不会做古文（其实做得很好），所以不许学生做。"但这样的人，毕竟是少数。多数学生，对夏先生这种从来未有的、大胆的革命主张，觉得惊奇与折服，好似长梦猛醒，恍悟今是昨非。这正是五四运动的初步。

李先生做教师，以身作则，不多讲话，使学生衷心感动，自然诚服。譬如上课,他一定先到教室,黑板上应写的,都先写好(用另一黑板遮住,用到的时候推开来)。然后端坐在讲台上等学生到齐。譬如学生还琴时弹错了,他举目对你一看,但说:"下次再还。"有时他没有说,学生吃了他一眼,自己请求下次再还了。他话很少,说时总是和颜悦色的。但学生非常怕他,敬爱他。夏先生则不然,毫无矜持,有话直说。学生便嬉皮笑脸,同他亲近。偶然走过校庭,看见年纪小的学生弄狗,他也要管:"为啥同狗为难!"放假日子,学生出门,夏先生看见了便喊:"早些回来,勿可吃酒啊!"学生笑着连说:"不吃,不吃!"赶快走路。走得远了,夏先生还要大喊:"铜钿少用些!"学生一方面笑他,一方面实在感激他,敬爱他。

夏先生与李先生对学生的态度,完全不同。而学生对他们的敬爱,则完全相同。这两位导师,如同父母一样。李先生的是"爸爸的教育",夏先生的是"妈妈的教育"。夏先生后来翻译的"爱的教育",风行国内,深入人心,甚至被取作国文教材。这不是偶然的事。

我师范毕业后,就赴日本。从日本回来就同夏先生共事,当教师,当编辑。我遭母丧后辞职闲居,直至逃难。但其间与书店关系仍多,常到上海与夏先生相晤。故自我离开夏先生的绛帐,直到抗战前数日的诀别,二十年间,常与夏先生接近,不断地受他的教诲。其时李先生已经做了和尚,芒鞋破钵,云游四方,和夏先生仿佛是两个世界的人。但在我觉得仍是以前的两位导师,不过所导的范围由学校扩大为人世罢了。李先生不是"走投无路,遁入空门"的,是为了人生根本问题而做和尚的。他是真正做和尚,他是痛感于众生疾苦而"行大丈夫事"

的。夏先生虽然没有做和尚，但也是完全理解李先生的胸怀的，他是赞善李先生的行大丈夫事的。只因种种尘缘的牵阻，使夏先生没有勇气行大丈夫事。夏先生一生的忧愁苦闷，由此发生。凡熟识夏先生的人，没有一个不晓得夏先生是个多忧善愁的人。他看见世间的一切不快、不安、不真、不善、不美的状态，都要皱眉、叹气。他不但忧自家，又忧友、忧校、忧店、忧国、忧世。朋友中有人生病了，夏先生就皱着眉头替他担忧；有人失业了，夏先生又皱着眉头替他着急；有人吵架了，有人吃醉了，甚至朋友的太太要生产了，小孩子跌跤了……夏先生都要皱着眉头替他们忧愁。学校的问题，公司的问题，别人都当作例行公事处理的，夏先生却当作自家的问题，真心地担忧。国家的事，世界的事，别人当作历史小说看的，在夏先生都是切身问题，真心地忧愁、皱眉、叹气。

故我和他共事的时候，对夏先生凡事都要讲得乐观些，有时竟瞒过他，免得使他增忧。

他和李先生一样的痛感众生的疾苦。但他不能和李先生一样行大丈夫事；他只能忧伤终老。

在"人世"这个大学校里，这二位导师所施的仍是"爸爸的教育"与"妈妈的教育"。

朋友的太太生产，小孩子跌跤等事，都要夏先生担忧。那么，八年来水深火热的上海生活，不知为夏先生增添了几十万斛的忧愁！忧能伤人，夏先生之死，是供给忧愁材料的社会所致使，日本侵略者所促成的！

以往我每逢写一篇文章，写完之后总要想："不知这篇东西夏先生看了怎么说。"因为我的写文，是在夏先生的指导鼓励之下学起来的。今天写完了这篇文章,我又本能地想:"不知这篇东西夏先生看了怎么说。"两行热泪,一齐沉重地落在这原稿纸上。

名师赏析

这篇文章是为悼念恩师夏丏尊先生而作。自跟随先生学习到与之共事、分别,作者与夏先生有20余年的深切交往,彼此间既是师生又如同亲人,感情十分深厚。作者满怀深情地追忆了夏先生为人、为学、为民等琐事,以细腻的笔法再现了他当舍监为学生办事、教国文要求真实写作、率真可亲能与学生打成一片,盛赞其对学生关爱有加、对学问博学多能、对世事多忧善愁,表达对先生的无比崇敬和怀念,对其逝世的无比悲痛和感伤。

以小见大,于小事中见人格,是本文的写作特色之一。作者不厌其烦地讲述夏先生当年的点滴琐事,于细节中勾画夏先生的音容笑貌和率真性情,具体可感、真实可亲。文中还采用对比手法,多处将夏先生与李叔同先生进行对比,以李先生"爸爸的爱"对比夏先生"妈妈的爱",侧面反映了夏丏尊先生的和蔼可亲、率真热情;又以两位导师在风格、学问和人生道路上的不同选择、不同走向,突出了夏先生的牵绊更深、为人不易,进一步刻画其伟大人格。

文章情真意切，写事怀人皆出自肺腑，真诚自然不事雕琢，字里行间流露着对先生的深沉思念。